一 枚 钻 戒

A Diamond Ring

中国海洋大學 出版社
CHINA OCEAN UNIVERSITY PRESS

妙筆生輝
豪情搏神

賀祝玉堂新力生版
丁酉年秋 王成法賀

王成法

中国工艺美术家协会高级工艺美术师

亲情如钻
仁爱无边
杨广义
2017.8.29

杨广义
_____

浙江广义健康产业集团董事长

恭祝吴老师七十高寿又有佳作

心灵美 发现美 创造美

顾礼慰 2017.9.2 于南京

顾礼慰

中华名医论坛理事

（原）中国农科院食品工业研究所首席
医学顾问

祝：吴老师新作出版，望文学路上不停步！
意志强健不先松！

鲍黄贵
广义健康产业集团
2017.8.29

鲍黄贵

———————————————

广义健康产业集团资深专家

序

今天，作为一名晚辈能受邀为吴老师的新作《一枚钻戒》作序，倍感荣幸。今年 70 岁的吴老师，在外人眼里比实际年龄至少年轻 10 岁，她与人为善、平易近人。她是目前很多中老年朋友学习的榜样，不仅仅做到了老有所养，老有所乐，更做到了老有所为。

在 70 岁的年龄能够出版长达十多万字的长篇小说，这样积极的人生态度，无论是对于我们年轻的晚辈，还是当今的中老年朋友，她的正能量都值得我们认真学习。

这本书描述的故事曲折生动，故事情节引人入胜，优美的文字描述着生命中爱情和亲情的可贵，启迪心灵，令人感动。

故事告诫人们"做好事，有好报"的因果法则，传递着"做好人，行好事"的美好愿望。

在当今这个美好的时代，中华民族正在实现伟大的复兴，我们都要为伟大的"中国梦"出一份力。吴老师用自己的方式，创作出这部长篇小说，是想通过故事引申出海峡两岸血浓于水的特殊情感，寓意深刻，感人至深。

我衷心地希望有更多的读者能够与本书结缘，跟随吴老师一起来探索一枚钻戒背后的故事……

张 滨

2017 年 6 月 1 日

张 滨

元明康必硒生物科技有限公司董事长

～ 引 子 ～

在那绿树红花，碧海蓝天的国际化大都市——青岛，每天都在接纳着上百万，上千万国内外游客。外地游客们个个忙着抢镜拍照。兴奋与激动，挂在每一位游客的脸上。

你看！长臂似的栈桥伸进大海，拳头般的观海亭上的玻璃观望窗，像哨所里的望远镜，尽心尽责地瞭望着大海的远方。观海亭下面的尖角形奠基石，像一只拉满弓的箭，时刻警惕着外来猛兽，保护着人民的安全。

走在栈桥上的游客们，时不时被溅起的浪花溅湿他们的鞋子和姑娘们那漂亮的衣裙，这便会引来一阵欢快的笑声。

顺着岸边的木栈道往东走不多远，便可看到几座屹立在海岸线上的高档酒店，既优雅又壮观。这便开始步入青岛有名的八大关行程了！

走近二浴，便是拍婚纱照最集中的地段，白白的婚纱被蓝蓝的大海映照格外醒目，新郎新娘们的脸上露出了幸福的笑容。这便给二浴增添了一道亮丽的风景线！

来到五四广场，红色的火炬标志屹立在海岸前沿，看到它便会给人一种不畏艰难勇往直前的力量。

前往奥帆基地的路上，有卖干海鲜产品的，有卖小饰品的，尤其是卖贝壳类工艺品的最多，这代表着青岛海产品资源的丰富和能工巧匠们的精湛手艺。

许多摆着画像的摊位，不光有美术学院新出道的学生，也有中老年艺术家们。他们将自己的得意作品排成行摆放在摊位的前面，吸引着前来画像的游客们。

王文博和妻子带着女儿漫步欣赏着这大自然的美丽风光，活泼的女儿不会和大人那样斯文慢步，她高兴地跑着跳着到前面去了。

夫妻俩走到一画像摊前，王文博停了下来，全神贯注看一幅老女人的画像。"快走呀，这有什么好看的。"妻子催促道。丈夫像是没听见一样，为了看得仔细，竟蹲下来将画像拿在手里看起来。

妻子也凑过来看，觉着没什么特殊之处，便不解地问："美女画像这么多，你怎么喜欢看一幅老女人的画像呢？"丈夫幽默地回了一句："我要是看美女的画像，你不得吃醋呀。""去你的。"妻子回击。

"你先和女儿前面逛着，我后面就来。"王文博自然担心，怕女儿走失了。"你快点。"妻子嘱咐完，忙追赶女儿去了。

　　王文博毕业于美院，后因某种原因改行从事西餐行业了，听说是因他姥爷的影响而喜欢上西餐这行的。由于专业的原因，他不会放过任何一件优秀的美术作品，但今天这幅画像对他的吸引，却让他有一种另样的感觉。

　　他手拿画像问画师："这张画像是你亲手画的吗？""是的，您也想给家里老人画一张像吗？"画师和蔼地问着。"不，我是想问，看画像上的老奶奶气质高雅，配饰讲究，是外地来的游客吧？"

　　"是的，她是来自宝岛台湾。""是吗？这张像画得真好！" 王文博赞叹道。

　　"谢谢！是那位老太太的气质好。"画师得意之下，难免谦虚一番。

　　"这位老奶奶怎么会想起画像呢？""不是她想画像，是我主动要给她画的。""是这样呀。"王文博有些不解。

　　画师解释："我不光是看她气质高雅，能让我发挥灵感画出得意的作品来。主要是我观察了她一周，感到好奇，为满足好奇心，便主动要求给她画的。"

　　画师的叙述不由得引起王文博刨根问底："好奇？能讲一讲吗？"

　　此时没有前来画像的游客，比较休闲，看来画师也是个喜欢攀谈的人，便讲起老奶奶来：

"一周前，我发现这位老太太一人在海边游览而没有人陪伴，即便家人没时间陪伴，带一保姆也好呀，可并没有。那天，她来到我的画摊前站住了。

我便试探地问了一句：'老太太您好，看您像是外地来的游客，是广州还是上海？'她便礼貌地回答：'我是来自台湾。''噢，是宝岛来的，难怪衣着这样讲究。''有吗？'她很高兴，脸上露出了笑容。

她高兴的原因不光是因为我对她的赞美，主要是因为她来青岛游览了几天，我是第一位主动问候、和她攀谈的人。

我见她心情好，便主动说：'老太太，画张像吧，您气质庄重高雅，画出来的像一定很美的。''真的吗？'

我怕她不同意，忙说：'真的，我一定会把您画得很美，我不收你的钱，免费画。'

老太太见我真诚，便说：'你喜欢画就画吧。''好啰！老太太您坐好，对，就这个姿势坐在小板凳上。'我将老奶奶的坐姿摆好，便高高兴兴地为老太太画起像来。

在画像时我得知，老太太是来寻亲的，她不知道要找的人姓什么，叫什么，只知道那人手里有一枚和她手上一模一样的钻戒。"

王文博问："就是她手上戴着的这枚钻戒吗？""是的，为了突出那枚钻戒，她特意将戴钻戒的手放在显眼位置。"王文博迟疑地问："她想通过这枚钻戒寻找亲人是吗？""有这层意思。"

"这可是大海捞针呀。""谁说不是呀,我看到她思念亲人那忧伤的样子,我不忍心让她失望,多慈祥的老人呀!我说,老太太,如果您愿意,就把这幅画像留下来吧。我会天天摆在这里,让更多的人看到您的这张画像,说不上哪天会碰到您想找的人呢。"她温柔地说:"谢谢你的好意,但愿老天保佑吧。"

王文博听得正出神,画师却不讲了,他便急切地问:"怎么不讲了?"画师双手一摊,无奈地说:"人走了,就这样,没有下文了。"

然后又补充道:"不过她临走时硬是放下了一百元钱。""我不要,她说酬劳一定要给的,要不然她会心中不安的。"

"爸——爸——"远处传来了女儿的呼喊声,"来——了——"王文博回答着女儿,一边又急切地问画师:"她没有给你留下通讯地址和联系方式吗?"

"噢,你不问,我还把这事给忘了。她临走时给我留了一张名片,说如果真能有消息的话,就按这名片上面的联系方式告知她。"

画师说完后,便很仔细地从一个皮夹里找出了那张名片递给了王文博。

名片上面有电话号码,王文博看后问画师:"老师,您能把这张名片借我一用吗?""不用借,你拿去吧,只要你能用得上。" 然后又补充道:"如果你真能帮那老太太找到亲人的话,就打这个电话告诉我。"画师说完便写好自家的电话号码递给了王文博。

王文博接过名片和画师的电话号码一起装进衣兜,跑着追赶妻子和女儿去了。

一枚钻戒

上 篇

1

腊月里的西北风，寒冷刺骨，吹到人的脸上像刀割一样疼。她怀里揣着一个瘦小的婴儿，艰难地迎着强劲的西北风走着。

她不时地解开衣服扣，低下头看一看怀里那沉睡的小东西，看一眼，赶紧将衣襟掩好，生怕寒风吹到怀里冻着那小东西，然后继续赶路。

小东西像小猫似地依偎在母亲的怀抱里，借着母亲那暖暖的体温熟睡着。等睡醒了时，她会哼唧几声。这时母亲忙把手伸进衣服里，将奶头塞到她的小嘴里去。她吸吮着母亲的乳汁，吸着吸着，又睡着了。

这么寒冷的天，这位母亲带着这么幼小的婴儿要到哪里去？母亲啊母亲，她何尝不知外面的寒冷。

天空越来越阴沉，西北风越刮越猛烈，天地间的水蒸气终于耐不住寒冷而变成雪片降落下来。瞬间，地上留下了两行尖尖的脚印。

雪越下越大，雪片变成了鹅毛大雪，无情地往她的头上、身上洒落。行走更加艰难了，只一会工夫，脚印便被那铺天盖地的大雪吞没了。

她顶着满头银发，披着满身白雪。一个小时的路程，终于到达了目的地。

她站在警卫室的窗口下，轻声地说："韩师傅，我去李红玉家。"值班的韩师傅没加思索地点点头，看来她是这里进进出出的老常客了，警卫室的韩师傅对她早就熟悉了。

这里是一个容纳上千户人家的居民区，先前是日本大康纱厂的老板给自己的管理人员盖的，当时也就几十户。后来日本老板为了控制这些工人，便盖了这片宿舍。

抗战胜利后，便由国民党接管。在此基础上，才又发展到了上千户，并划分为南舍和北舍两个舍区。两舍中间地段，建有粮油站、蔬菜店、理发室等一系列生活设施。

房屋仍保留着日本式样，每间都很小，大的也就十平方，小的只有五六个平方。

不管一家有多少口人，都挤到这一间小屋里。这还是工人没日没夜拼死拼活给老板干活换来的待遇，不是在大康纱厂干活的还捞不上这待遇呢。

老板将工人们集中在铁桶般的围墙里面，牢固的大铁门旁边，有一间白天黑夜都有人值班的警卫室。值班人的任务主要是阻止外人入内，如真有人需要进去办事或访友的，那要说清门牌号码和姓名，通过查对册子属实，登完记，才能放人进去。

当时的严格把守，老板绝不是为了工人们的安全着想，而是防范共产党串联组织工人大罢工。

"笃……笃……笃……"响了几下敲门声，屋里的女主人便开开门，见她满头满身老厚的雪，关心地埋怨道："今天这么大的雪，你就不要来了嘛。""我怕耽误你们穿。""没关系，反正离过年还早呢。"

主人一边说着，一边拿起一把笤帚递给她，母亲接过笤帚忙扫净身上的雪才进屋里去。

主人忙说："快看看孩子冻着了没有？"母亲赶紧解开衣扣，一看正熟睡着呢。主人爱怜地说："多好的小东西，穷人家的孩子从小就懂事，这么乖。"

母亲从怀里将她抱出来，放到主人家那占去半间屋的热炕上，这时她醒了，睁开了那双大眼睛，转动着小脑袋，看着周围的一切，她好像感觉到了，由那黑洞洞的暖窝换到了一个更宽广的世界里。

她不停地转动着小脑袋寻找她要的东西，终于找到了，这时只听她"噢……啊……"地发出了那单调的只有她自己明白而大人却听不懂的语言。

紧接着多了一个同样的"噢……啊……"的回声，那是主人家的孩子，比她大了两个月的男孩。他两个并排躺在热炕上，不停地"噢……啊……"拉开了"持久战"。

主人爱怜地看着这对小东西，情不自禁地也加入到那"噢……啊……"的谈话中。

这时母亲已顾不得管她了，只顾飞针走线地忙碌着她的针线活。

母亲先前有三个孩子，二女一男，后又添了个她。母亲的大女儿名叫小雀，二女儿名叫小娥，男孩名叫小柱子。这一系列的名字，地地道道的普通百姓家里的常用名，可到她这里，竟起了一个很飘逸的名字——潇湘。

她家每一个孩子出世，都是由舅舅给起名。因舅舅比母亲大，又有学问，给孩子起名自然成了义不容辞的事。

舅舅给孩子起名很有特点，他家的第一个大女儿起名叫大雀，第二个女儿起名大娥，第三个孩子是个男孩，起名叫大柱子。

就凭大舅那满腹学问的汉语教授，怎么会给孩子们起那么俗气的名字呢？听母亲说，这是姥姥的意思，说给孩子起名，不要起那些海棠、玫瑰、得宝之类的响亮名字。要起些俗气点的如狗剩、石头之类的，说是这样孩子好养活。

这是老人的迷信观念，可舅舅是出了名的大孝子，自然不会违背老人的意愿，也就给孩子们起了些与他文化层次相差甚远的名字。

母亲家的孩子，也就顺理成章地连下去，叫小雀、小娥、小柱子了。

至于她潇湘这个名字，外人没有过多考虑，只照此类推，"潇湘"自然理解成"小箱"了。屋里既然有"柱子"，自然少不了"箱"，这是一个家起码的配套物件嘛。

原本很飘逸的名字，让那些没文化的大婶们这一理解，结果变得比哥哥姐姐们的名字更加俗气了。

2

父亲是个不顾家的人，整天只管自己吃饱，不管全家挨饿的主。他在外面干些出力气的杂活，不管挣几个钱，他都会用来暴食暴饮一顿，从来不会给家里一文钱。有时运气不好，挣不到吃饭的钱，他会毫无顾忌而不情愿地回家吃。

家里人，一年到头也见不到父亲在外面吃的那种饭：锅饼、烧肉、炉包什么的。全家人只能吃地瓜干、野菜糊糊之类的饭。

父亲每次回家吃饭，总是发牢骚："整天吃这个，就不能买点白面吃顿面条什么的？""哪有钱，就靠我给人家做点针线活挣的那点钱，一天三顿能吃饱不饿肚子就很好了，哪敢想吃细米白面的。"母亲柔声细气地说着。

母亲是个温柔、内向的女人，父亲总爱发脾气，可母亲从来不大声呵责谁。对于爱发脾气的父亲，母亲从来都是逆来顺受。她觉得，这都是命，是命里注定她该嫁给这么个不知关心家庭，不知心疼妻儿的丈夫。

就因为母亲嫁给了父亲，大舅始终觉得内疚，觉得对不起母亲，觉得是他害了母亲，是他把母亲推到火坑里去的。

但母亲从来不埋怨大舅，她认命，她觉得这都是命运的安排。

姥姥一辈子只生了舅舅和母亲两个孩子，姥爷在抗战的一次战斗中殉国了。舅舅便成了家中唯一的男丁，家里的大事小情都由舅舅拿主意，母亲的婚事，自然由舅舅操持。

舅舅对母亲，从小就非常关爱，因没有了姥爷，舅舅总是以长者的身份去关心着母亲。母亲是个善良、温柔的女人，很小便大门不出二门不迈地在家里接受着封建习俗的教育。

五岁开始裹小脚，六七岁便开始学习针线、刺绣。因她聪明，又学得用心，十岁时针线活就做得很像个样子了。全家人的衣服、鞋袜便由母亲包揽了。

舅母刚进马家那会，一开始还认为自己的针线活不错，主动给大舅、姥姥做衣服，没多久便发现自己的针线活让小姑子的一比，显得是那样粗糙。后来便不好意思争着去做了，全家的针线活仍由母亲承担。

为了给母亲找个好归宿，舅舅没少操心。母亲十几岁时，舅舅就忙着给母亲选丈夫找婆家，几年后，才将婚事定下来。

舅舅给母亲选的丈夫，就是现在的父亲。那时父亲也是个很有能耐的人，当时在俄罗斯驻上海总领事馆里面干西餐厨师，后又被提升为厨师长。

父亲长得白净、干练，当时他的西餐厨艺在上海是赫赫有名的。为此，在同行里面，父亲的薪水也是全上海最高的。

大舅认识父亲，是很偶然的。那天大舅去朋友赵教授家串门，正巧碰到父亲也在赵教授家，见两人正在用俄语对话。

平时是看不到父亲的，他常年在上海。这次是父亲回青岛探亲。每次父亲回青岛，赵教授总是热情地请父亲到家里来做客。

赵教授的俄语水平很高，和父亲一起用俄语交流，让别人看来，可算得上棋逢对手了。可赵教授不这样认为，他的水平与常年和俄国人打交道的父亲相比，自觉略逊一筹。赵教授喜欢与父亲交流，是想借此机会向父亲讨教呢。

通过赵教授的介绍，大舅认识了父亲，又经过后来的几次谈话，大舅便觉得父亲这人不错，有学问、有见识。大舅所欣赏的学问自然不是父亲的厨艺，而是欣赏他的俄语水平。

赵教授看出了大舅的心思，便主动当起了"红娘"。没想父亲很满意这门亲事，便一拍即成。

可母亲在姥姥的影响下，心里并不愿意，母亲觉得姥姥说得对，一个在外国圈里做事的人，会傲视一切，目中无人，会有玩世不恭的毛病。可大舅认准了父亲，言辞里带出了姥姥过余挑剔。

母亲不忍心惹大舅不高兴，因她从小就与大舅感情很深，对大舅敬重有加，这门亲事虽说母亲不愿意，为了大舅，母亲还是勉强答应了。

3

结婚后，父亲便带母亲去了上海。刚到上海，母亲感到什么都新鲜。父亲常带母亲去城隍庙吃特色小吃，去大世界看无声电影、哈哈镜。

记得有一次，大世界里新添了一个动物展览，母亲不想去。可父亲感到好奇，便强拉硬拽地让母亲和他一块去了。

那动物被圈在一个只用三条绳索，缠有四根一米高的木棒的围栏里面。这种形成了四边形的围栏，如同拳击手们比赛的拳击台。

只见那动物，不像狗，不像蟒蛇。头很大，两只眼睛却像蟒蛇眼一样窥视着众人。母亲感到害怕："这是啥动物呀，怪吓人的，不看了吧。"

父亲说："不用怕，这是鳄鱼，别看在水里很凶，在陆地上就没本事了。你看，它趴在那里一动不动的，多老实。"母亲越是害怕，父亲越是拉着母亲往跟前靠。

突然，鳄鱼猛地张开了大嘴，打了个哈欠后，便慢腾腾地往母亲这边爬来。母亲一阵惊恐，吓得连连后退差点摔倒，场内立时引起骚动。要不是父亲眼疾手快扶住母亲赶快往外撤，后果不堪设想。

因为看鳄鱼，母亲吓得病了好几天。后来埋怨说："看什么不好，看那么可怕的动物。"父亲也感到后悔说："我也是第一次看鳄鱼，说是在岸上只睡觉不会乱动的。谁会料到不但会动，还直直地向你面前爬来。"

父亲说完，哈哈大笑起来，紧接着开玩笑地说："动物也知道稀罕年轻媳妇，要不是我这位大丈夫保护你，说不准被鳄鱼的那张大嘴吞进肚里去了。"

"你还好意思笑，真让那动物咬上一口，我看你还能笑得出来。""不是没咬上嘛。"母亲被父亲的话逗笑了。

当父亲知道母亲对俄国人的圣诞节颇感兴趣时，父亲便竭力来满足母亲的好奇心。在一年的圣诞节上，父亲把母亲安插到了摆台的队列里，就是咱们俗称的上菜。

上菜人员一行十个人，基本都是年轻的姑娘们，她们身穿雪白的荷叶边围裙，头戴扇形单片的白帽子，每人端着一盘精致的菜品或甜点，缓缓走进宴会厅。

母亲那时还没有孩子，和姑娘们一起参加了从没见过的隆重场面。父亲不敢把母亲安排在前面，怕她不懂规矩，将菜放错了位置。便给她安排了最后面的一道菜品，交代，把菜盘挨着第九盘菜的后面放整齐就行了。

母亲紧跟前面的姑娘们按菜品的排列顺序，整齐地放在了有几米长的长条桌上，然后又跟随姑娘们那整齐的队伍回到厨房，去端早由父亲安排好的另十样菜品走向宴会厅。直到把所有的菜品全部摆上桌，摆台人员的工作才算完成。

宽敞豪华的宴会厅，紫红色的木制地板上，打上了油光发亮的地板蜡。母亲是小脚女人，她走得格外小心，生怕走不好摔倒了给父亲丢脸。

这一队整齐而漂亮的姑娘们，一次次进出宴会厅，如同那出场亮相的模特。

后来母亲说，那次真是大开眼界了。不但桌上的菜品、甜点的花样多得数都数不清，最让母亲欣赏的是桌上那些用根茎类菜蔬雕刻出来的装饰花，如：白荷花（用土豆）、红玫瑰（用红心萝卜）、挠头菊花（用山药），朵朵花束栩栩如生。

餐桌上面那几棵圣诞树，更惹人注目，绿绿的松枝上面插满了小红蜡烛，大冬天的松树上还结着绿色松塔。后来才知道，那绿色松塔是用绿萝卜雕刻的，并且所有刻花都出自父亲一人之手。父亲的精致雕刻也是全上海没人能比的。

俄罗斯驻上海领事馆分为两个部，父亲所在的领事馆是一部，每次圣诞节，二部的人员都要集中到一部来一起庆祝圣诞节，并邀请各国友好人士前来参加庆贺。

这也是领事馆的领事想借此展示他们的独家厨艺。因为父亲的厨艺是大上海各大名流最看好的。只要他们往桌前一站，掌声响成一片，个个都竖起大拇指称赞。

这便给领事馆馆长长了脸，增了光。为此，每次的圣诞节后，父亲都会收到一个数额不菲的红包。

那时，母亲的生活还是挺让人羡慕的，父亲带着她游遍了全上海滩。

4

在上海，母亲生了大姐、哥哥和二姐后，父亲便产生了叶落归根的想法，带着多年的积蓄全家迁居青岛。他想用这笔资金，在青岛开个西餐馆。

没想父亲太招摇，回青岛没几日，便被强盗绑了票，这可是拿你的命换你家钱的事。父亲在贼人手里，受尽了严刑拷打和非人般的折磨，当家里人把最后一笔钱凑够送去时，父亲已奄奄一息，只剩下一口气了。

他那白净的脸庞早已无踪影，脸上只剩下了那双像贼一样的大眼睛。回青的遭遇，给父亲造成了致命的打击。不但身体受到了严重的摧残，为赎回他这条命，把从上海带回的所有积蓄，全部花光了，就连舅舅家的经济也元气大伤。

这时，不但没有钱开西餐馆，就连吃饭也成了问题。本来很富有的他，竟没有半点思想准备就变成了穷光蛋，打碎了他那美好的梦。

从此，父亲便像神经了似地瞪着那双要吃人的大眼睛，像贼一样地在马路上巡视着。他想抓到那些强盗，他到外面干出力气的杂活：拉车，去码头扛麻包，都是为了强盗。父亲觉得，他们把钱花光了，也只能到这些地方去混饭吃。

父亲经常去那些以前从不去的地方，小饭店或者是赌场里。他说，贼再有钱，也走不到上流社会里去，只能游手好闲地泡在小酒馆里、小饭馆里，那些低档场合。

父亲就这样既有目的而无收获的整天在外面瞎闯，脾气也由此变坏了。

潇湘就是在父亲最失意的时候，来到这个世界上的。大舅经常资助母亲，每月都负担家里的部分生活费。对潇湘更是关心备至，衣服、奶粉等日用品，经常往家里送。

当时家里虽说很穷，有大舅的关心，潇湘一点也没受到委屈，加上母亲的百般疼爱和精心照料，真像是富贵人家的娇小姐。邻居们都说，家里多亏有了肯帮忙的好大舅。

大舅是因为当时替母亲选错了郎而内疚，便不顾一切地资助母亲，这样会让他心里好受些。

母亲是一个柔中带刚的人，她绝不因有大舅这样一个坚强的后盾而坐吃等穿，她要自食其力解决生活问题。她利用自己有一手好针线活的手艺，便没白天黑夜地给人家干针线活，也好给大舅家节省一点开支。

因母亲针线活干得极快又细致，所以人家都愿意让她干。尤其到年根，活更是多得干不完，那些干活的人家，情愿一家挨一家地排队等，也不愿把活让给别人来干。

为此，就是刮风下雪，母亲也舍不得歇一天工。大康宿舍，便是她赖以生存的唯一出路。

忙完了年，可以闲下来休息一个正月了。出了正月，有些单位便陆陆续续开工了。开工最早的，就是码头的货场。

他们要提前准备好，开春后上船装货的麻袋。只要货场一开工，母亲就会第一个去报名，领上只有五岁的二姐，起早贪黑地给货场缝麻袋。

刚出正月的天气还很冷，倒春寒的风力不小于冬天的西北风。每天天还没亮，二姐就和母亲去货场。五岁的二姐皮肤还很嫩，几个早晨，就将皮肤吹成紫红色。

母亲看在眼里，疼在心里。每当看到二姐的脸时，母亲既内疚又心疼。总是说："你看，别人家像你这么大的孩子，还正在睡大觉呢，你这么小就要跟我出来干活挣钱，娘真是心疼啊！"

二姐从小就勤快懂事，每当这时，懂事的二姐总是装出一副满不在乎的样子安慰母亲："娘，我愿意跟您出来干活。只是我还太小，赶不上你们大人缝得多，再过几年，我就可以和你们缝得一样多了。"

二姐的宽慰，总使母亲感动不已，多懂事的孩子呀！母亲含泪表扬二姐："孩子，每天能缝十条麻袋够多的了，你才多大点人呀。"

"嗯，那些大娘大婶们也都夸我呢，说我这么小就这么能干，长大了准是一把能干的好手。"

二姐那高兴自豪的神态，总会给母亲那内疚的心里，增添些安慰。

5

　　五月端午过后，万物复苏，小溪流水，迎春花争艳开放，散发着阵阵清香。每当这个时候，感觉日子过得非常快。

　　不觉已到了绿树成荫，蝉声成片的季节，母亲手里有了一些积蓄，便想去看望大舅一家人。

　　舅母也是个很守旧的贤惠女人，总是大门不出二门不迈的。自母亲一家回青岛后，一年的几个重大节日如正月十五的元宵、五月初五的粽子、八月十五的月饼，舅母从来都是一次不落地打发孩子给母亲送过去。这项任务，多数落在表哥头上。

　　大舅和舅母对母亲的照顾，母亲没齿难忘，这次去看望大舅是母亲思虑多日的事了，但还是觉得不踏实，便和大姐商量："小雀，明天我想去看你大舅，你看拿点什么好呢？"大姐思忖着："拿点什么好呢，贵东西咱们家买不起，便宜的吧，拿不出手。就算大舅、舅母不在乎，也怕让大表姐看不起。"

　　大姐担心得一点没错，大表姐在家里可是主了半个家的人。因舅母身体不好，常年有病，近几年竟躺在炕上不能动了。虽说大表姐已出嫁，可家里的一切饮食起居、吃喝拉撒，全靠大表姐操持。所以大表姐在家里说话也就有了分量，是大舅家里举足轻重的人物。

　　这母女俩正犯难呢，哥哥从外面回来了，听说明天要去大舅家，高兴得直蹦高。他知道母亲明天肯定会带他一起去的，因表哥已邀请他好多次了。

母亲见哥哥那高兴的样子忍不住说："看把你高兴的，我们正犯难呢。""难什么，有什么好难的。"母亲说："咱能空着手去大舅家吗？""可也是。"哥哥虽说年龄不大，也已懂得人情世故，他用手挠挠头，全无计策。

二姐鬼点子最多，别看她小小年纪。"娘，让俺哥今晚下趟海，捞些鱼、虾给大舅拿去。虽说这些东西大舅家不稀罕，可哥哥亲自下海捞的，大舅肯定会高兴的。""是呀，只要是我弟弟亲自下海捞的，大表姐也肯定高兴。"大姐也觉得这主意不错。

大表姐最喜欢哥哥了，无论他干什么她都看着顺眼。哥哥长得帅气，虽然生活在穷家庭里，因在大上海生活了几年，沾染了上海人的文明与礼貌。并显出了北方人难有的白净而秀气的面颊，而多了富家子弟没有的健康体魄。尤其是那双炯炯有神的大眼睛，更让大表姐欣赏，每次见了哥哥总喜欢在他那白净圆润的脸蛋上亲上几口。

二姐这一招，准让大表姐高兴。只要大表姐高兴，就什么问题都解决了。母亲虽然觉着这礼物轻了点，但家里的情景，也只能这样了。

母亲忙吩咐哥哥准备下海的用具，自己也忙着翻箱倒柜，找明天出门要穿的新衣服。先给哥哥找出了那套藏蓝色学生装，只有上学时才舍得穿的衣服。

然后又给自己找出了一件雪青色缎子旗袍。这还是临回青岛时在上海做的，回青岛一直没舍得穿。

母亲忙往自己身上比了比说："小雀，你看这件行吗？不知会不会瘦了。"母亲笑容满面地欣赏着手里的旗袍，二姐忙插嘴说："娘，您快穿上，快穿上让我们看看。"

是呀，孩子们从没见过母亲穿过这件漂亮的旗袍呢。让二姐这一顿嚷嚷，母亲便满心喜悦地穿起来。

当穿好站在那土炕上时，母亲的形象立刻变了样。已有四个孩子的母亲，肌肉早有些松弛，让这件漂亮的旗袍一裹，明显肌肉收紧，有腰有胯，显得非常富态。大姐高兴得直夸："娘，您真像个阔太太。"

二姐忙接上话茬说："娘在大上海就是个阔太太，就是回青岛才……"大姐忙瞅了二姐一眼，二姐便知趣地住嘴了。

母亲穿上旗袍欣赏了一番，然后对大姐说："这件旗袍是当时大上海最新的款式，不过这回再穿就不像样了，老了。小雀，你穿上让娘看看。"母亲一边说着一边脱旗袍。

"不，娘喜欢这件旗袍，还是留着您自己穿吧，我另做一件。""傻闺女，你能去上海做？咱青岛可做不出这么漂亮的式样来。来，快穿上让娘看看。"大姐不忍心夺她人之美，坚持着："娘，我还是不要穿了吧。"

"哎呀大姐，娘让你穿你就穿嘛，我要是有你这么高，不让我穿我都要抢着穿呢。""就是，小娥说的没错，她要是能穿，哪有你的份。"其实母亲是在激将大姐，二姐打心里尊重大姐，虽然她从不向人示弱，可从不与大姐争强，母亲是清楚的。

　　大姐在母亲和妹妹的催促下，终于把那件旗袍穿了起来。她那纤细的腰肢，高高隆起的乳峰，温文尔雅的神态，白里透红的面容，真像上海橱窗里的模特，真是太美了。

　　母亲愣愣地看着自己的女儿，心里有一种说不出来的心酸。母亲觉着，像这样丽质的闺女生在这样一个穷家里真是委屈了她。

　　"啊呀，大姐太好看了，太漂亮了……"二姐高兴得一顿嚷嚷使大姐泛起了满脸红润，她那楚楚动人的神态，使破旧的小屋里，像是出现了一道七彩夺目的彩霞。

　　母亲欣赏完大女儿，便为小女儿操持起来，母亲要找出最好的衣服让潇湘明天更漂亮，要把她打扮得像个小公主，绝不让她带有半点穷人家的寒酸气。要想让大舅对家里放心，潇湘的形象起着决定性的作用。

　　打扮潇湘很容易，她有很多漂亮、时髦的衣服，都是大舅给买的，大舅为潇湘选择的衣服，都是富家孩子们穿的式样。大舅说，只有这种高档衣服才是潇湘穿的衣服。潇湘是大舅心目中的公主，大舅对她的溺爱真是出乎一般人的想像。

　　去大舅家，母亲还是没有穿那件旗袍，她穿了一套月白色短袖上衣和长短裤。这套衣服虽不华贵，但那朴素整洁的质感，极为突出了那种做事干练、纯朴善良的素质，母亲是那个年代里贤妻良母的代表。

6

大舅家住在蒙古路，母亲住在小村庄，相距挺远的一段路呢。母亲抱着潇湘，哥哥挎着满满一篮子海鲜，有蛤蜊、小鱼、虾虎，还有几个大海螺。这一篮子可真够全的，足有二十斤重呢。哥哥为这篮子海鲜，赶了个夜潮，跑遍了整个沙岭庄海滩，一宿没睡觉的哥哥一点也不知疲倦，提着重重的篮子没有半句怨言。

"大舅、舅母，我们来了。"哥哥一进院子就高兴得大声喊起来。

哥哥的一声喊叫，屋里的大表姐、二表姐还有表哥一起疯了似地跑了出来，表哥忙接过哥哥手中的篮子。大表姐爱抚地摸着哥哥的头，亲着他的脸。这时发现哥哥那满头的汗水顺着头发往下滴，大表姐心疼地说："哎呀，看这满头的汗！""没事。"哥哥满不在乎地说着。"快，快洗洗风凉风凉。"大表姐忙倒水让哥哥洗脸。

这时大舅忙从屋里迎了出来，由母亲怀里接过潇湘，急切地问着："潇湘，想大舅了没有？大舅可想你了。"他明知潇湘并不会回答他的话，但他还是亲昵地絮叨着。

母亲见大表姐进了厨房，也跟了进去："大雀，又回家忙活来了？家里多亏有你这个顾家的好闺女。要不然，你爹一个人怎能照顾了这一大家子人呀。"母亲由衷地说着。

"没事，姑，我从小干活干惯了。""我帮你干点啥？""哎呀不用，姑，您快到那屋和俺娘说话去，俺娘都盼您好久了。"

大表姐一边说着，一边将母亲推出了厨房，塞进舅母屋里来。舅母亲切地说母亲："怎么能让你下厨房呢，这都几年没见面了，来，快上炕咱姊妹俩好好说说话。"

母亲上炕与舅母面对面坐着问："嫂子最近身体好些了？我老挂着呢，这不，大的小的缠手，老来不了。""妹妹不用挂念，我这是几年的毛病了，最近这位老中医看得还挺好。这不，虽然还是下不了炕，吃饭不用人喂了。"

母亲的到来，给大舅家带来了欢乐。这时，大表姐便成了家中最忙的人了。可大表姐从不抱怨，她喜欢母亲来她们家，这会让全家人高兴。

尤其是表弟的到来，总使她兴奋不已。舅母总爱开玩笑地说："上辈子俺家大雀和你家小柱子，不知是什么情结，到这辈子还是亲热得不得了。"

这时大舅抱着潇湘在院子里转，让她观看自己种植的花花草草。这时见表哥和哥哥往外面走，她伸出小手咿咿呀呀地喊起来："要……要……"

哥哥见妹妹要他，便停下来，表哥说："不管她，咱们走。"拉着哥哥就往外跑。"我也去！"二表姐也跟上他们俩跑掉了。

对拾贝壳之类的事，哥哥并不稀罕，是为了陪表哥才去的。表哥是马家的独苗，他家虽离十三线海边不远，但舅舅也不准他去，怕出危险。

表哥生活的每一天都是在不停地学习，除了学校的课程要完成外，大舅还要指导他练书法、学外语，表哥的学习任务可比哥哥繁重多了。

只有哥哥来时，舅舅才会答应他去海边玩。因为哥哥不但熟知海潮海落的规律，更让舅舅放心的是，哥哥有很高的游泳本领，假如表哥出了意外，哥哥也有救他脱离危险的能力。为此，表哥跟哥哥去海边玩，舅舅是很放心的。

这也是表哥欢迎哥哥去他家的原因之一，每当这时，表哥可以跟哥哥到海滩拾各种各样自己喜欢的贝壳，可以将那百卷诗书抛到脑后，像只出笼的小鸟，放松地奔跑在辽阔的海滩上。

潇湘在自己家里从没受过如此冷落，见哥哥跑掉了，便耍赖大哭起来。这可急坏了大舅，只见大舅抱着她满院子里转，嘴里不住地唠叨："不哭，不哭，潇湘不哭……"

母亲正和舅母说话呢，听到哭声忙下炕走出来，大舅忙解释。"她要跟柱子他们去。""他们呢？刚才不是还在院子里，怎么一会工夫不见人影了？"

"他俩到海边拾贝壳去了，怎么带她。"大表姐在厨房里一边忙活着做饭，一边说。

母亲忙心疼地说："来，娘来抱。"大舅不肯："没事，哄一哄就好了。"只见大舅一面走着一面说："走，咱们听知了唱歌去。"

说着便走到院子里那棵梧桐树下，只见那多年的梧桐树，枝繁叶茂，像把大伞样支撑在院子里，走到跟前倍感清爽、宜人。树上的知了正在起劲地叫着，这是潇湘在自己家里看不到的景象，她仰起小脸看着树上，挂满泪珠的小脸上露出了笑容。

那天真无邪的笑容牵动着大舅的心，他抑制不住在她的小脸蛋上亲了又亲，大舅亲潇湘是有目共睹的。

这时大表姐产生了醋意，小声地嘟哝着："潇湘哪里好，值得亲成那样！"。因在她的记忆里，父亲对她姐弟三人从来没有像疼爱表妹那样疼爱过。

母亲听到大表姐的嘟哝，装没听见。

舅母怕大表姐惹出事端，忙把大表姐喊过来指责说："你姑几年也来不了咱家一趟，抱抱孩子，亲亲孩子，这是对客人的礼貌。你不要为这事看潇湘不顺眼，让你姑看出来会不高兴。惹了你姑，看你爹能饶你！""我爹就是偏向嘛。"大表姐仍不服气地顶着嘴。

舅母与母亲的感情很深，母亲没出嫁那会，她们姑嫂二人就好得像亲姐妹一样，现在仍如此。

自从母亲从上海回青岛这些年，舅母家大人孩子的衣服、鞋袜又都是由母亲全盘包揽。为此，大舅资助母亲，舅母从没有怨言。

每次临走时，舅母总是把好吃的打点好让母亲带上，打点的东西足够全家人吃好几天的，这次来仍然如此。

回到家，哥哥又一次累得满头大汗。大姐忙替他擦汗说："累坏了吧？"二姐也忙着给哥哥搬板凳。只有父亲熟视无睹，从来不管不问。有时在一旁冷眼看着她们相互关爱而愤愤不平，在父亲看来，这是多余，是做作。他对人冷漠惯了，难以理解那份发自内心的情感。

7

又到年根了，母亲便季节性地去大康宿舍给人家做针线活，二姐便自己去货场给人家缝麻袋。

年根活太多，母亲便把现已大一点的潇湘留在家里让大姐照顾。父亲还是常年在外面瞎混，家里那一大摊子事，便由大姐照料。

母亲给人家干活，中午是不回家的，给谁家干活就在谁家吃午饭。为此，大姐要照顾上学的弟弟和两个妹妹吃饭。尤其是潇湘，还要一天几次添加舅舅送来的奶粉。

除此之外，大姐还要抽空给人家织手套、织袜子挣钱贴补家用。家里这一摊子事，不轻于任何一个人。

大姐天生遗传了母亲的心灵手巧，长得也像母亲，圆脸大眼睛，细白细白的面颊，那条又黑又粗的大辫子直垂腿弯下面，那温柔的性格也像了母亲。

大姐是母亲的好帮手，十几岁就能帮母亲排忧解难，操持家务了。左邻右舍，都非常羡慕母亲有这样一个百里挑一的好闺女。

腊月二十八那天，母亲给所有的人家忙完活，才开始歇工。其实歇工这两天母亲更忙了，她整宿整宿地不睡觉忙着给大舅家的孩子和自己家的孩子赶制过年的衣服。

这两家孩子的布料，都是由大舅提前买好送来的。每当年三十大舅来取衣裳时，总要给家里带来些年货，只要大舅家里有的，一样也少不了母亲的。回青岛这些年，母亲从不用为办年货操心。除了年货外，还要给母亲留下些零用钱，还有哥哥一年的学杂费和书费。

母亲和大姐盘算着大舅今年送来的钱，除了够哥哥全年上学的费用外，节省点花，家里一年的开支就够了。

这是母亲从上海回青岛最让她舒心的一个新年了，因大姐能挣钱了，二姐给货场缝麻袋，也省下了买油盐酱醋的钱。

母亲非常疼爱她们，尤其是大姐，不但是因为她处处都像母亲，而且过早的懂事。在这个家里，大姐早早地便能替母亲排忧解难了。

除夕夜到了，上百家的大杂院里这时都噼噼啪啪地放开了鞭炮，只有母亲家还没有放鞭炮，她们一家都等着父亲呢，等父亲回家才能放鞭炮过年吃饺子。

母亲这时有些着急了，埋怨地说："都到什么时候了，你爹还不回来，平时也就罢了，这大过年的，总该早点回来。"

母亲把包好的饺子端到锅台跟前，坐在灶前的大姐已烧开了水，母亲轻轻地叹了口气。

大姐忙安慰母亲："再等会吧，我想就快回来了。"正说着，父亲真的从外面回来了。哥哥最高兴，忙跑到外面放鞭炮去了，因为他急着吃饺子。

饺子煮好了，母亲放好炕桌，大姐便一碗一碗地往桌上端饺子，这时父亲、二姐、哥哥都已围到炕桌跟前坐好了，她们都静静地等着，等着父亲发话后吃饺子。

每次吃饭，只要父亲在，家人都不敢说话，生怕哪句话说得不对父亲的心思，便会引起掀桌子摔碗的轩然大波。

每次惹起这种事端的，多数是因为二姐，二姐是这些孩子当中脾气最大的一个，她长得清秀白皙，眼睛凹凹的，鼻子棱棱的，就像母亲从上海带回来的那个洋娃娃。都说她长得像外国孩子，非常惹眼。其实二姐长得像父亲，只不过她比父亲更像外国人罢了，脾气也像了父亲。

二姐比哥哥小三岁，她小的时候，照看二姐便成了哥哥的事。有次哥哥抱她出去玩累了，就把她放到人家的窗台上想歇会，然后松开了手，向后倒退了几步吓唬她说："我不管你了，我要回家了。"

虽然二姐那年才一岁多些，但她也知道居高临下的危险，便大哭起来。哥哥看她哭了，心疼得忙过去将她抱在怀里。

没想脾气大的二姐，猝不及防狠狠地将哥哥的鼻子咬掉了一块肉，鲜血立时流了下来，哥哥一边哭着，一边抱着她回家找母亲。

还有一次，二姐已三四岁了，可以跟着哥哥到处去玩了。可有一次不知哥哥怎么惹了她，只见她回家拎起劈柴用的长把斧子扛到肩上就去追哥哥。

哥哥自从被二姐咬了鼻子后，便害怕了这个妹妹，一看她气势汹汹的扛着斧子追来，吓得没命地跑。累得哥哥满头大汗，她也累得气喘吁吁，可还是穷追不舍。还是大姐知道后，哄着二姐把斧子要过来，才算完事。

二姐的脾气，大姐最了解了，所以今年过年，大姐是专门嘱咐过二姐的："小娥，等爹多回家来，你可千万别多嘴惹事，这大过年的别让全家人不高兴。尤其忙活了一年的娘，多辛苦，让她高高兴兴过好这个年。"

现在的二姐大些了，自然比以往懂事了，而且自小就很听大姐的话，便向大姐点头应允。

8

父亲坐到炕桌前，先夹起一个饺子添到嘴里去，这时哥哥姐姐才都拿起筷子。家里平时无论吃什么饭，只要父亲在，都要他先吃完第一口后，别人才能动筷子，这是父亲的规矩。

这时母亲没有上桌，先爬到炕头上去抱起正睡觉的潇湘，母亲想让她也吃上一个新年饺子，这意味着又长大了一岁。

"怎么是素饺子！"父亲满脸怒色。大姐忙怯怯地说："每年过年不都是吃素的吗？""问你娘呢，要你多嘴！"大姐这时不敢再说什么。母亲接过话茬说："这不是咱家老辈传下来的规矩嘛，过年吃素饺子，在新的一年里素素净净，没有烦心事嘛。"

父亲不再听母亲解释下去，蛮不讲理地说："今年我就要破例吃肉的。""那你不早说。"母亲慢悠悠地说着。

"不早说，你问我了吗？你们娘们哪个把我放在眼里了！"父亲不依不饶地嚷嚷着。

父亲是在故意找茬，肯定又是在外面赌输了钱，回家泄私愤呢。他一贯都是这样，只要在赌场输了钱，保准回家找茬发脾气。今天是大过年，只发脾气，没掀桌子，算是很给家里人面子了。

可二姐见父亲这样无理找茬，脾气也上来了，早已忘记大姐事先嘱咐的话，出口就质问父亲："你一大早就出去赌钱，半夜才回来，让我娘问谁去！"

不知为什么，二姐就是不怕父亲，家里只有她敢和父亲顶撞。当然父亲也不可能怕她，两人真是针尖对麦芒。

父亲见又是二姐顶撞他，一气之下，夺过二姐的那碗饺子就摔倒了地上，发疯似地嚷嚷着："我让你吃！我让你吃！"二姐也不示弱，顺手抓起了父亲碗里的饺子狠劲地摔到了父亲的脸上。

这还了得，只见父亲暴跳如雷，将满桌子的饺子掀落在地上。然后伸胳膊将二姐拉过来挟在腋下就往外走，扬言要把二姐扔到井里去。

父亲的脾气是说到做到的，大姐和母亲忙去追赶父亲，潇湘吓得号啕大哭。哥哥忙将她抱在怀里："潇湘不怕，潇湘不哭……"其实哥哥的眼泪早已流了下来。

还是大姐的脚步快，赶上父亲去夺二姐，没想被父亲一脚踹倒在地。母亲在后面拼命地追着，大声地喊人："他韩大叔、刘大爷，快点，快拉住她爹，她爹要把小娥扔到井里去。"

外面这顿嚷嚷，好多家守岁没睡觉的人都跑了出来，前面挡的，后面拉的，父亲见突不了重围，便气急败坏地将二姐举过头顶狠狠地摔在了地上，然后气冲冲地回了家。

二姐当时被摔断了气，母亲忙过去将二姐抱起来，心疼地一边哭一边喊："闺女，快醒醒，娘在呢，娘抱着你呢。"半天二姐才缓过那口气来，她双手搂住母亲的脖子喊了声："娘！"泪水像小河似地流在了她那幼稚而俊俏的脸上。

大姐早已泪人似的，她不顾伤痛，从地上爬起来，跑着奔到屋里去，她要跟这个狠心的父亲说说清楚，他为什么要对家人这样无情！

这时哥哥早已吓得抱着潇湘躲到炕旮旯里不敢出声，偷偷地看父亲一人在气冲冲地乱摔东西。大姐进屋冲父亲问："你还配做父亲吗？如果你感觉父亲的担子太重，家人都是你的累赘的话，你可以离开这个家，不需要你这样赶尽杀绝！"

这是大姐第一次与父亲顶撞，父亲见一贯温柔的大姐今天如此大胆地指责他，意识到自己可能是太过分了，他有些怵了，便停止了摔东西，一屁股坐在炕沿上，一脸怒气难消的样子。

母亲这时已抱着二姐回到了屋里，只见她娘俩满脸泪痕，大姐扑过去，三人抱在一起号啕大哭。家里哪有点过年的气氛，全家哭成了一团。

不知父亲是为出去躲避，还是真的讨厌这个家，他一句话也没说，摔门走了。

这一走，就是三天三夜没有回家。后来才知道，他一头扎进了赌场整整赌了三天三夜。等输得连吃饭的钱都没有了时，便又厚着脸皮回到了家里来。

这次他输掉了全家能生活一年的钱，是平时大姐给人家织袜子的钱，母亲给人家没日没夜做针线活的钱，甚至还有五岁的二姐去给货场缝麻袋的钱。这是家里唯一的一笔钱，包括大舅年前送来的生活费和哥哥全年上学的一切费用。

平时家里有点钱，母亲告诉大姐，可从不让父亲知道的，一旦让他知道家里有钱，他就会不过夜地拿出去挥霍掉。这次家里的这些钱是父亲摔东西时，从摔碎的坛子里发现拿走的。

母亲收拾满地碎瓦砾时，发现钱没了，知道钱被父亲拿走了。就这样，全家人一年的心血全让父亲给打了水漂。

大姐再也不说话，只是哭。母亲怎么劝也没用，她知道这全家辛苦了一年的钱再也回不来了。有这样一个父亲，家里永远也别想过安生日子，她不知道应该怎样去面对这样的父亲，她更担心母亲今后的日子该怎么过，大姐病倒了。

9

这年的正月，天气格外的冷，外面的地，冻得像铁板一样，屋里冷得像个冰窖。

大姐的病越来越重了，大夫说是得的干血痨，这种病是在妇女经期过度悲伤引起的。母亲知道，这病全都是由那不争气的丈夫给气出来的。

后来大姐竟病得起不了床了，无法再给人家织手套了。母亲的针线活，只要过了年，也就彻底歇工了。

正月里，货场放假，母亲和二姐也没了缝麻袋挣钱的活计。这时，家里断了一切进钱的路子，怎么办？眼看着大姐一天天消瘦下来，母亲只有守着病重的女儿哭泣，因家里没有钱给大姐看病。

对于大姐的病，父亲不管不问，他还是整天在外面给人家打零工，还是只管自己吃饱，不管全家挨饿，家里仍沾不到他一文钱。

家里人只能每天吃两顿菜糊糊饭，糊糊里的菜还是由二姐每天去给那些卖菜的人家摘菜挣来的。

春天是没有鲜菜的，菠菜、白菜等叶菜，都是农民储存在地窖里，等转过年来一开春，再拿出来卖。

菜贩们想把农民送来的储存菜卖个好价钱，必须雇人把外面的黄叶、老叶、冻叶摘掉才好卖。

二姐每天都去给贩菜的韩大叔家摘菜，摘一上午菜，也就给一两把菜作为报酬，那时的劳动力不值钱。

这些日子多亏哥哥下海抓鱼虾，然后由母亲洗净煮熟，再由哥哥去市场卖。一潮水抓的鱼虾只能卖几角钱，也就能买回全家人够吃一天的杂合面，还要加上二姐挣回来的那点菜掺在一起才够吃。

哥哥为了挣全家人一天的杂合面，每天赶夜潮抓鱼虾。两条被冰冷的海水浸泡的腿，裂开了许多小口子，红得像烤熟了的地瓜。

哥哥每天都不辞劳苦地夜里下海，白天趁母亲洗鱼虾、煮海螺、虾虎的时间赶紧睡点觉，然后再到市场上去叫卖。哥哥虽然是家里唯一的一个男孩，可生活所迫，母亲再疼爱他，也享受不到半点照顾。大姐这一病,哥哥就成了家里的顶梁柱了。

为大姐的病,母亲整日里急得团团转也想不出办法。二姐便提醒母亲:"娘,找俺大舅要点钱给大姐看病吧,就是借也行呀,要不可怎么办呢。"

"不!不能再麻烦你大舅了,他要知道刚给咱家的钱让你爹给输掉了,还不得把你大舅气死?不,不能让你大舅知道,我另想办法。"

母亲可不像父亲,她是一个很有自尊心和骨气的人,尽管自小大舅就很溺爱她,但她从不伸手向大舅要钱。她觉得这个家给大舅增添的麻烦已够多了。

自从父亲被绑了票,等于大舅养着这个家,母亲怎好开口再向大舅要钱呢?不能!无论如何母亲也不能张这个口。

母亲终于想到了那台织袜机,这是大舅给大姐买的,母亲很舍不得,但为了给大姐看病,母亲还是和大姐商量:"闺女,我想把你大舅给买的那台织袜机卖了吧,以后咱有了钱再买。"

卖织袜机,大姐自然舍不得。织袜机是家里唯一的生活来源,如果没有了织袜机,今后家里的生活怎么办?她没想到母亲会卖织袜机。但她也知道,这是母亲没有办法的办法了,她一时不知道该怎么回答母亲。

母亲见大姐不吭气,知道她舍不得卖,母亲又何止舍得卖呢?但她还是劝慰大姐说:"只要把病看好,以后会想办法再买上的,只要你能好好地守在娘跟前……"母亲这时已哽咽地说不出后面的话了。

　　大姐见母亲难过，心里像刀绞一样疼，忙安慰母亲："娘，我没事的，住些天就好了。""不行，一天也不能耽搁了。"母亲知道那病的严重性，态度非常坚决。大姐知道自己再说也没有用，她不想难为母亲，只有忍痛由母亲将那台织袜机卖掉了。

　　当买主将织袜机拿走时，大姐难过得流了整整一天的泪。那天，连半碗糊糊都没喝掉。

　　二姐知道大姐心里难过，那几天二姐只要给人家摘完菜，就哪里也不去，赶紧回家，坐在大姐跟前唱歌给她听。二姐虽然年龄小但很会关心人，尤其对大姐更是特别亲近。

10

　　今天二姐摘完菜回来，没见到母亲，便将带回来的菜放到锅台上，忙爬上炕到大姐跟前问："大姐，今天好点了吗？"大姐勉强点了点头。"大姐，我告诉你……"她忙凑近大姐耳边跟大姐耳语起来。

　　"是吗，韩大叔真好。"大姐感动地说着。

　　二姐高兴地搂着大姐的脖子问："大姐，今天给你唱什么歌呢？""你唱什么歌，大姐都爱听。"大姐用那虚弱的声音回答着。

　　其实大姐是在宽慰二姐，病痛的折磨已使她无心思欣赏那动人的歌声了。可除此之外，爱她的妹妹又能给她什么呢？

这是妹妹的一份情，一份爱呀。

这份亲情，大姐感到是这个家里最珍贵的东西。世界上，没有比爱更珍贵了！

二姐自小就有一副好嗓子，她那银铃般的歌声，吸引了多少小伙伴围拢在她身边，为了听她唱歌，小伙伴们常常拿出自己心爱的礼物与她做交换。每当这时，二姐就不好意思了，不要礼物也要给小伙伴们唱歌。

每次大舅来也总少不了让她唱几首歌，总夸奖说："小娥生就的一副好嗓子，成了第二个周璇了。"大舅曾与母亲商量过，想让她到剧院去。说她天资好，按这条路子走，一定能走红文艺圈，红遍青岛港。

每当听到这话时，二姐总会噘着小嘴不高兴地说："我不去，我舍不得离开娘，还有大姐、哥哥和妹妹。"她唯独不提及父亲，她忘不了因为她爱唱歌，挨了父亲多少骂。

母亲回来了："小娥，你过来。"二姐忙下炕。"娘，您回来了。""今天怎么多了两把菜？"二姐没回答母亲的话，只是笑着看母亲，她要卖个关子炫耀一下今天的劳动成果。

没想到母亲突然严肃起来，二姐愣住了，她从没见过母亲这样严肃过，她不知道发生了什么事，刚才那高兴劲一下子被母亲的严肃镇捏的荡然无存。

她怯怯地问了一声："娘，怎么了？"母亲见她那怯怯的样子，便认定了自己的猜疑，提高了嗓音问："今天怎么多拿回来二把菜！"

二姐总归年龄小，一时理解不了母亲问这话的意思，一时语塞。母亲见她不吭气，非常伤心，只见她带着发颤的声音说："孩子，你怎么能这样？我们家再穷，也要穷得有志气，绝不能……"

大姐怕母亲误会了二姐，忙对二姐说："妹妹，快对娘说实话。"

二姐这时明白了，原来母亲是在怀疑她偷了人家的菜，她感到好委屈。二姐从小脾气倔强，不像大姐那样，性格温柔善解人意。

她赌气地说："不说，我就不说！"二姐的话，使母亲气愤到了极点，只见母亲顺手拿起扫炕笤帚狠狠地向二姐身上、头上打去，母亲真的是气坏了。

大姐着急了，她从没见过母亲发过这么大的火，她硬撑着病身子下炕去挡驾。大姐使出全身的力气抓住母亲的手恳求地说："娘，你不要打了，你误会妹妹了，这菜是韩大叔多给的。"

二姐见大姐拖着病重的身子为她挡驾，好心疼，眼泪一下子掉了下来。她忙扶住大姐连声说："大姐，我错了，我再也不惹咱娘生气了。您是不能下炕的，赶快上炕躺着。"

母亲这时也被大姐的举动吓坏了，因大姐已多日不能下炕了。母亲忙扔掉手里的笤帚，和二姐一起扶大姐到炕上去。母亲内疚极了："闺女，是娘不好，娘不该不问青红皂白乱发脾气，把你俩都吓坏了吧？"母亲的声音在打颤。

原认为自己满肚子理由的二姐，这时深深地感到自己错了，她不该赌气顶撞母亲，让病重的大姐为她挡驾。她流着泪向母亲认错："娘，我错了，我今后再也不敢了。"

幼稚的二姐，只理解顶撞母亲的错误，她哪里知道此时此刻母亲的心。母亲知道孩子们孝顺，可她又多么担心孝顺的孩子会由此不顾一切地做出傻事来。

11

母亲真的是误会二姐了，那天二姐到韩大叔家去早了，菜车还没有到，她便主动帮人家扫院子。二姐自小干活手脚麻利，有眼色。等菜车来了后，她又主动帮人家卸车。虽然小孩子一次拿不了几捆菜，但她那勤快劲足以让大人感动。

她卸完车，忙又坐下来摘菜，她摘菜从不马虎，比大人摘得都仔细干净。韩大叔看她多干了活过意不去，临走时便多给了她两把菜说："小娥，你们家人多，今天多给你两把菜拿回家吧。"

在二姐那幼小的心灵里也理解了人家是看她今天多干了活而给她的奖励，穷人家的孩子不怕出力气，这时二姐忙向人家表示说："韩大叔，以后我每天都来帮您家打扫院子、卸车，好吗？""好啊，以后我每天都多给你些菜。""谢谢韩大叔。"

韩大婶看到勤快的二姐，疼爱地说："小娥真是个懂事的好孩子，这么小就知道顾家，比她爹强多了。"

韩大叔也不由得感叹："是啊，吴大嫂没摊上好丈夫，却生了几个让人眼馋的好孩子。"

母亲知道了这一切，将二姐紧搂在怀里："孩子，娘错怪你了，都怨娘，娘打痛你了吗？"母亲一边问着二姐，一边双手捧起二姐的脸认真地看着，只见晶莹的泪珠挂在那天真无瑕的小脸上。

常年为生活操劳的母亲，平日很少这样认真地去端详过一个孩子，当她看到那张天真的小脸像一朵芙蓉花一般呈现在自己的眼前时，热血立时流遍全身。

内疚的母亲，忙将那小脸贴近自己的胸口上，喃喃地说："孩子，娘把你带到这个世界上来，让你遭罪了，娘对不起你。"

母亲抚摸着二姐的头："闺女，还疼吗？"二姐仰起小脸看着母亲说："只要娘不生气了，我就不疼了。"多懂事的孩子，母亲的眼泪顺着脸颊滴落在二姐那乌黑的短发上。

潇湘醒了，大姐忙把她抱在了怀里。"大姐，你病着，让我来抱妹妹。"二姐忙爬上炕由大姐怀里接过潇湘，然后拉过大姐的一块被角盖到三人身上。

她俩依偎在大姐身边相互取暖，嘴里不停地唠叨着："噢噢，妹妹乖，妹妹听二姐的话……"自大姐病后，二姐像小大人似的，尽心尽责地主动照看着妹妹。

这天，乌云密布，像口锅似地笼罩在上空不肯散去，屋里黑洞洞的。西北风呼啸着刮起来没完，吹得那两扇破门总是咣当当地直响。

大姐轻轻地叹了一口气，喃喃地说："看这天又要下雪了。"那低弱的声音里透着凄凉。她心里嘀咕着，她怕是熬不过这寒冷的正月了。

母亲知道大姐这时的心情，母亲的心里像刀绞一样痛，怕大姐难过，只能自己偷偷地抹眼泪。

母亲来到锅台前打开纸包，将药抖到用破砖头架起的药罐里，点着刚从外面拾回来的干树枝给大姐熬药。屋里立时浓烟弥漫，驱赶着屋内的丝丝寒意。这时潇湘被烟呛得一声接一声地咳嗽，眼泪都呛出来了。

"娘，快开下门吧，妹妹呛得不行了。"二姐说。母亲犹豫起来："我是怕你大姐冷。""没事，只开一小会，烟就没了，别呛着妹妹了。"大姐赶紧说："娘，我没事，开开门吧，"母亲把门开开了一条缝。

二姐非常疼爱潇湘，平时，只要母亲与大姐忙碌时，照看潇湘的事，二姐便主动包揽了下来。她不肯让她哭一声，就是吃着饭，只要听到她哭了，她会立马放下筷子把她抱起来。她对潇湘的疼爱，超出了五岁孩子的本能。

潇湘虽然生活在同样的穷家庭里，但她却享受着富人家都难以享受到的呵护与关爱。她无忧无虑地生活在这个穷家庭里，她是这个家里最幸福的一位小成员了。

屋里的浓烟顺着门缝往外窜去，这时母亲忙走到大姐跟前问："闺女，冷吗？""不冷，我们三人靠在一起可暖和了。娘，您也上炕来暖和一回吧。""不了，我还要给你熬药呢。"

药熬好了，母亲小心翼翼地将药渣过滤掉，然后端到大姐跟前说："快趁热喝了吧。"大姐接过药碗，眼泪掉进碗里。

她知道，这付药是母亲勒紧裤腰带饿着肚子，节省下来的钱为她买的。"娘，织袜机的钱快用完了吧？""还有呢。""大姐，你只管好好吃药治病，钱的事，娘会想办法的。"二姐像小大人似地安慰着大姐。

大姐喝完药，然后对母亲说："娘，不要再为我抓药了，不用了，真的不用了。"大姐有气无力地说着。母亲听到这话，感到撕心裂肺样的痛。

母亲忙走到大姐跟前哽咽着说："闺女，你可不要吓娘，一定要坚持住，小娥说得对，娘会有办法的。娘明天就去找你大舅，大舅一定有办法治好你的病。""娘，还是不要麻烦大舅了吧，咱这个家给大舅添的麻烦够多了。"

"闺女，这你不要管，你只管好好养病。"母亲怎么不知道这一切呢？除了找大舅帮忙，还能有什么办法呢？

12

父亲回来了，一进门就不高兴地嚷嚷："怎么弄的，这满屋的烟呛死人了。"他不顾一切地将两扇门全敞开了。

"你把门敞得这么大，会冻坏孩子的。""我一天在外面跑也没冻坏，她们在屋里还怕冻着！""小雀不是有病吗？""有病！有病！哪来那么多病！我常年也不知什么是有病！就你娘们娇气！"

父亲的一阵粗门大嗓，家里人谁都不敢出声，连一贯不怕父亲的二姐这时也悄悄地依偎在大姐身边不言语。她不愿在这种时候给父亲火上浇油，她怕惹母亲和大姐伤心。

"家里有什么饭，我肚子都饿得咕咕叫了。"说着便揭开了锅盖，见锅里什么也没有，又发起了脾气。"一家子就知道吃闲饭，就不知道想法子挣钱去。"

母亲怯怯地说着："你看小雀病成那样，这大正月的没有人家做针线活，连小娥缝麻袋的货场也得等出了正月才能开工。"

"听起来你们都有理，那就一个个等着饿死去吧！"说完，转身就走。

没料被架药罐的砖头绊了一下，立时火冒三丈。"吃药！吃药！我说家里没饭吃呢，把钱都买了药，哪有钱吃饭？我早就说过，不准花这份冤枉钱，她奶奶一辈子没吃过药，照样活到九十多岁，就你们那么怕死！"

父亲越说越生气，拿起锅台上的药碗摔到了地上，潇湘立时吓得大哭起来。

大姐忙发着颤抖的声音对父亲说："爹，你别生气，都怨我，以后我再不吃药了……""不吃药就行了！？你得赶快想法子挣钱，要不全家人吃什么？喝西北风去！""是，爹，我就想办法。"

父亲摔门走了，全家人哭着抱成了一团。母亲悲愤地说："这世界上，真没有他这样狠心的父亲。这都是我的命不好，让你们跟着我遭罪。""娘，不是这样的，您不要埋怨自己，都怨我，我不该得这病。"

母亲忙搂紧满脸泪痕的大姐，守着那黑洞洞的夜大喊："苍天呐！你行行好，救救我的孩子吧！"

就在那天夜里，大姐便离开了这个让人心酸的世界。

母亲的号啕大哭惊动了邻居们，"多好的一个闺女啊，就这么走了。"

韩大婶一边抹着眼泪，一边说："是呀，真是太可惜了，别说当娘的，就连咱们都揪心的疼啊！"

大姐的死，震撼着整个贫民大院，那些大娘大婶们没有一个不掉泪的。可父亲竟连一滴眼泪也没有掉，他的心已被那饥寒交迫的生活吞噬、扭曲……

这事不能再瞒大舅了，大舅得到消息，哭着奔进了贫民大院。大姐的躯体躺在地上那破旧的苇席上面，身上穿着母亲那件雪青色缎面旗袍。

大舅哭着自责道："小雀，大舅来迟了，大舅没用，拉不回你这条命，大舅对不起你。我真是该死，我怎么就没早来家看看呢？"

大舅哭着哭着，突然站起身来，睁大了眼睛巡视着。他看到了冷漠的父亲，猛地上前狠狠地给了父亲两耳光。发着颤抖的声音大喊着："你……你……你这个禽兽不如的东西，我要让你给我外甥偿命！"说着揪住了父亲的衣领。

大舅真是气坏了，他这种书生气十足的文人竟能动起粗来。在母亲的记忆里，从没见大舅发过火。母亲怕大舅气坏了身子，也怕那缺少理智的父亲一时性起伤了大舅，母亲忙上前拉住大舅，二姐也上前抱住了大舅。母亲哽咽着说："哥，你消消气，事情已经这样，打他也没有用了。"大舅在母亲的拉扯下松了手，可气愤的大舅仍不停地骂着父亲。

父亲一声不吭地任凭大舅数落他、骂他，父亲谁都不怕，唯独怕大舅。他深深知道，没有大舅，就没有他这条命，没有大舅也就没有这个家。

他怯怯地走到大舅面前："哥，你打也打了，骂也骂了，坐下消消气吧。我以后再不……"倔强的父亲是说不出后面的话的，家人都明白。大舅本来就是个大度、宽容的人，见父亲能在他面前这样低声下气地认错，也只能就此罢手。不这样，又能怎样呢？

不过舅舅还是狠狠地教训了父亲一顿，并约法三章：一，今后不能不务正业，吃喝嫖赌。其实大舅知道父亲是不嫖的，有母亲那样娴熟秀美的老婆，父亲是看不上其他女人的，这也是父亲唯一能对得起母亲的地方。但大舅为了给他敲警钟，还是立下了这一条。第二，要借厨艺专长想法子挣钱养活这个家，不能再游手好闲。第三，今后不准再对家人动粗撒野，要以礼相待。最后大舅还加重语气说："如不悔改，故伎重演，决不饶你！"

父亲知道大舅说话的分量，卑躬屈膝地一一应允。

大舅出钱料理了家里的丧事，又给母亲放下了哥哥的学费和家中的生活费。大舅的关照，让母亲再次深感内疚。

13

又是那春暖花开季节，冬眠在家的妇女们，已开始提起了菜篮，拿起了小铲，领着家里的孩子们上山挖野菜了。母亲把潇湘交给二姐便一人直奔郊外，今日是清明节，山上除了挖野菜的人群，又多了一波扫墓的人。

母亲来到大姐坟前禁不住号啕大哭，自大姐离开人世，母亲便像失去灵魂一样，精神呆滞木讷，只有在大姐的坟前，才能看到母亲的精神是正常的。

只见她一面哭，一面不停地唠叨着："我的好闺女，娘对不起你，让你小小年纪就孤独地离开了娘，可娘没有办法留住你，娘没用，娘真的是没有用……"

母亲哭得死去活来，惊动了挖野菜的人和那些祭祖的人，她们悄悄地围拢过来。

"这女人好可怜，她那死去的闺女巧姐似的漂亮与灵巧。自从这闺女走了，她三天两头都来坟上哭一顿。"

一位不知情的妇女问旁边的大嫂。"那闺女是怎么死的？""听说是让那个不争气的爹给气死的。""是吗，真是作孽。"正说着，过来了一位文雅清秀的中年男子，大伙忙让开了一条道。有人问："这个男人是谁？"大嫂解释说："是孩子的大舅，她大舅可是世上难找的好人。"

大舅来到母亲身边心疼地劝导："妹妹哭哭行了，人死不能复生，哭坏了身子，家里的那几个孩子谁来照顾？凡事都要往大处想。"大舅虽然劝说着母亲不要哭，可他早已泪流满面了。

"小雀，我对不起你……"不知什么时候，坟前又多了一个男人，那就是父亲。他终于良心发现，今日也给大姐扫墓来了，铁石心肠的父亲这时也忍不住流下了两行热泪。

　　大舅见到父亲难免怒气填胸，愤愤地说："你也会掉眼泪？会知道失去闺女心疼！"大舅的话让父亲感到无地自容，是啊，在他心里啥时有过父女之情？直到这时，他才意识到他不配做一个父亲，真的不配。

　　在大姐的坟前，他给大舅跪下了，声泪俱下，哽咽着说："哥，我对不起小雀，更对不起你，我不是人，我辜负了你对我的期望，我对不起妻子儿女，今天我在闺女的坟前给您发誓，我一定振作起来重新做人，让妻子孩子不再跟着我受苦，遭罪。"说完后，又俯下身去磕头，希望大舅能够相信他，原谅他。

　　"你不要给我承诺什么，你需要给你妻子一个承诺！"大舅仍怒气难消。

　　父亲这时像只绵羊似的温顺，他跪在地上将身子转向了母亲，他不敢抬头面对母亲，轻轻地说："你娘，请你原谅我，相信我，我会痛改前非，努力让你们过上好日子的。"

　　见此情景，母亲感动万分，她太了解父亲了，他那倔强的脾气从来都不会向谁服软道歉。记得他曾经说过，他小时候有一次做错了事，奶奶用扫炕笤帚打他，让他亲口说以后不敢了，他就是不说，直到把笤帚都打散了，他也不说服软的话，尽管他自己知道错了。

　　今天他能做到这个份上已很不容易了，母亲忙出手拉起父亲："你爹，别这样，快起来，只要今后你能和我们一起安安稳稳地过日子，地下的闺女也就安心了。"善良的母亲，永远都不会计较别人的过失。

"听到了吗？我妹妹已经原谅你了，希望你以后能够守信诺言！"

自此，父亲开始知道顾家了，由大舅帮助出资，在离海边不远处的海员俱乐部旁建了一家西餐馆，因那里出出进进的都是外国海员，再加上父亲一流的西餐厨艺，生意自然做得不错，家中的生活有了起色。

母亲自然清楚是那浪子回头的丈夫给带来的这一切，她看到了生活的希望，紧锁的眉头，慢慢舒展开来。

时间过得飞快，不觉潇湘已能跟着二姐到处跑着玩了，平时母亲有空时就会带她去西餐馆转转，这是潇湘最喜欢去的地方，因为在那里可以吃上在家里吃不到的冰激凌、奶油蛋糕，甚至其他孩子见也见不到的各类甜品，西式糕点。

今天潇湘嘴又馋了，来到母亲身边纠缠起来。"娘，俺要到爹的西餐馆去。""不行，娘忙着呢，改天再去吧。"正在忙着洗衣服的母亲回答着。

"不嘛，我就要去，我就要去。"她是被宠坏了，看样子母亲不答应她是不会罢休的。"你这孩子，今天怎么不听话了？你没看娘正忙着吗？"母亲一边说着，一边往绳上搭刚洗好的衣服。

父亲餐馆里的食品都是平民百姓吃不起、看不到的美食，这对孩子自然有着强大的诱惑力。但家里除了潇湘，哥哥和二姐都是没权利享受这些美食的。

每次母亲牵着妹妹去西餐馆的时候，二姐都是由衷地羡慕。可尽管她再眼馋，也从不主动要求去西餐馆，只有一次母亲曾带她去过。是因为那天餐馆太忙，母亲要给父亲打下手，让她跟去照看妹妹。

今天她看母亲实在腾不出手来，又看到妹妹噘着嘴要哭的样子，便对母亲说："娘，您没空我带她去吧。""你爹那里忙，你带她去会碍手碍脚影响生意的。""不会的，妹妹很听话，不会碍事的。妹妹你听话对吧？""我听话，听二姐的话。"潇湘可怜巴巴地回答着二姐，又仰起小脸带着恳求的目光看着母亲。

母亲犹豫了下问二姐："你就去过一次，记得路吗？""记得。""好吧，可要看好了，别把她丢了。""娘，我知道，您放心吧。"

母亲还是不放心地又一次交代说："她要走累了，你就背她一会，一路小心，早点回来。""知道了。"母亲深情地目送着这对心肝宝贝手牵着手走出了家门。

14

西餐馆来了这一对不速之客的小姐妹，这对那些在海上漂泊多日见不到人影的海员来说，立时产生了亲切感，他们忙离开了座位围拢过去问长问短，尽管这姊妹俩一句话也听不懂，但他们还是一个劲地问："你俩叫什么名字？""你俩从哪里来？"

父亲赶紧过去挡驾，给那些海员们解释："这是我的两个女儿。""噢，噢，噢。"他们伸出大拇指："你的女儿太漂亮了。""谢谢你们对我女儿的夸奖。"

父亲虽然知道这两个孩子的到来给西餐馆带来了热闹气氛,但父亲还是怕她俩影响生意,便递给二姐两盒冰激凌说:"小娥,快带潇湘到外面玩去。"

懂事的二姐,自然明白大人的想法,她接过冰激凌对潇湘说:"妹妹,走,咱们到外面去。""不,我要坐到椅子上吃。""听话,你在家是怎么答应二姐的?""听二姐的话。""那怎么不听二姐的话了?"让二姐这么一说,潇湘虽然不情愿,但还是知趣地跟着二姐走出了西餐馆。

"真没劲,老板,你为什么要你女儿离开?""她们是孩子,会影响你们用餐的。""不,不,我们很喜欢那姊妹俩。""对不起!"父亲歉意地引他们坐回了原处。

姊妹俩坐在离餐馆不远的沙滩上吃起冰激凌来。"二姐,你吃得真慢,看,我都吃完了。""那就吃我的吧。""二姐真好。"她高兴地接过二姐的冰激凌吃起来。

二姐哪是吃得慢呀,她是故意慢慢吃,留给妹妹的,她知道妹妹吃完还会再要的,餐馆人那么多,再去要,父亲会不高兴的,二姐从小就像小大人似的明白事理。

一会工夫,潇湘把二姐的冰激凌也吃完了,不出所料,她又缠着二姐要冰激凌,二姐虽然从不怕父亲,但她是个懂事的孩子,不愿在餐馆正忙的时候再去麻烦父亲。

她没答应妹妹的要求,只好哄她说:"不吃了,冰激凌吃多了会肚子痛的,咱们回家吧。""不!我不回家。"潇湘不依不饶。

二姐只有再次哄她说："不想回家，二姐给你唱歌好吗？""好。"二姐的话真见效，让潇湘忘记了吃冰激凌的事。"唱那支歌呀？"二姐问。"唱那支春天的歌。"

二姐知道，潇湘说的春天的歌，就是周璇唱红国内外的那支《四季歌》。这也是二姐最喜欢唱的歌，二姐清了清嗓子，认真地唱起来。"春季到来绿满窗，大姑娘窗下绣鸳鸯，江南江北风光好……"那银铃般的歌声随着海浪起伏，随着海风荡漾。

潇湘听二姐唱歌，高兴了，拍着小手说："好，好。"

银铃般的歌声传进了西餐馆："哇，这歌声太美了，太动听了。"海员们像潮水般涌出了餐馆。"老板的女儿，是她在唱歌。"海员们立时涌过去包围了二姐。

"我们太喜欢你的歌声了，你能到里面为我们唱歌吗？""不，我只给妹妹唱歌，给你们唱歌，爹会骂我的。"原本心情愉悦的二姐，被围上来的海员们吓蒙了。

他们看到二姐不接受，忙解释："不，没有关系的，我们给你钱。你看，我们有的是钱。"说着，便从衣兜里掏出大把大把的票子往二姐手里塞。二姐不敢接塞给她的钱，紧张地忙往后退。

父亲发现了此情景，忙从西餐馆里出来为二姐解围："对不起，请到里面用餐，不要吓着我的女儿。"那些海员们见老板这样说，便快快地离开了。

父亲见海员们进了西餐馆，便冲着二姐埋怨起来："小娥，谁让你在这里唱歌的！""刚才我是哄妹妹玩才唱的，谁知道他们……""啥也别说了,快带潇湘回家去!"父亲显然是不高兴了。"嗯,我这就带妹妹走。"这时,二姐发现潇湘不见了:"妹妹呢?"

刚才被那些海员的一阵纠缠,竟把妹妹给忽略了,一时看不到妹妹,二姐忙提高嗓门喊起来:"妹妹,你在哪儿——?""潇湘不见了?"父亲也紧张起来:"潇——湘——"

喊声由近而远传去,可没有回应。父亲找遍餐馆周围,甚至连厕所都找了,没见踪影。父亲忙交代二姐说:"你快往海边找去,我再去餐馆里找找,真是添乱。"

二姐已顾不得父亲的埋怨,心想,只要妹妹不出事,就是挨父亲一顿打她都认了,她忙向海边跑去。

蓝色的大海,这时已不再平静,波涛滚滚地向岸边涌来,开始涨潮了。二姐着急地在岸边奔跑着,她心里在念叨着:"妹妹,你可千万别来这里,这里太危险了。"

越怕什么,越来什么,二姐发现了潇湘,那红色的衣裙正在蓝色的大海里闪动。不懂事的潇湘正高兴得用小手拨动着海水溅起的浪花玩呢。

"潇——湘——,妹——妹——,快回来——"海浪声隔断了二姐的喊声,潇湘仍若无其事地在玩。二姐拼命地往大海那边跑。眼见着一个浪头过来,潇湘被浪头打倒,坐在水里哭起来。

二姐拼命地跑过去,拉起潇湘就往岸上走。"快走!"涨潮的浪头一个接着一个地向岸上打来,快速又凶猛,只见一个浪头由身后滚滚过来,二姐忙挡在了潇湘的身后大声地喊着："浪头来了,快跑!"潇湘刚才已经领略了浪头的厉害,听二姐这一声喊,忙迈开小腿往岸上跑起来。浪头迅速地往二姐身上打来。

这时父亲已从餐馆冲出来,见二姐被打倒在水里,她刚爬起来,又一个巨浪把她打倒……

父亲,还有几个外国海员忙都跑了过去,父亲忙把落汤鸡似的潇湘抱起来,可二姐却被浪头打进了深海里看不见了。

二姐呀,善良聪明的二姐为救妹妹,葬身大海离开了人世!

海浪在无情地咆哮,母亲在悲痛地哭泣:"孩子,我的好孩子,你大姐走了,你又离娘去了,你们可让娘怎么活呀……"海员们禁不住感叹着:"真可惜,这么好的小姑娘,刚才还在唱歌呢。"

父亲对母亲发起了脾气:"哭!哭!还不都怨你,你让她来餐馆干什么,不来哪会出这事!"父亲虽说平日和二姐和不来,自大姐去世后,父亲自然对二姐疼爱了许多,亲情终于唤醒了一个父亲的人性本能。

虽然他向母亲发火,可他更难受,他亲眼看着自己的女儿被大海吞噬掉了,他后悔刚才为什么不是自己去大海那边找,真是昏了头了,自己却在餐馆里乱找一气。

他内疚,他感到自己没有尽到做父亲的责任:"天哪!为什么会是这样,我是家里的罪人,老天你惩罚就惩罚我一人吧!再也不要对我的孩子们无情了。"

父亲吼天喊地,母亲的哭泣声被那大海的波涛淹没。

15

1947 年，解放全青岛的号角早已吹响，国民党眼见败局已定，大量军队涌入青岛做垂死挣扎。他们没日没夜地抓壮丁，由壮丁充实部队并用来做掩护，将正牌军、大部队借助青岛港口之便利，迅速往台湾转移。

瞬间，美丽的青岛变成了恐怖的战场。炮火隆隆，人心惶惶。子弹嗖嗖顺着人的头皮掠过。父亲的西餐馆歇了业，回了家。

整个几百户的贫民大杂院里，被炮火笼罩，大人孩子都悄声窝在家里，大气不敢出。

突然"哇"的一声叫，潇湘一头从炕沿上栽倒在地上便没了气，母亲忙扑了过去："潇湘，我的孩子！你醒醒，你醒醒呀。""完了，可能中弹了。你看，打进来的子弹把地上的铁锹都射穿了一个洞。" 父亲说着。

原来是一颗子弹顺着窗棂打进来的，站在炕前的哥哥正搂着坐在炕沿上的妹妹。震耳的枪声把哥哥吓得一屁股坐在了地上，潇湘也跟着一头栽倒在地上了。

母亲抱着潇湘哭了起来，一面哭一面摸头、摸脚，迅速地将全身查看起来。没发现哪儿中弹，可怎么会没有气了呢？

这猛然的一胶，由炕上跌落到了地上的潇湘是跌断了气。

经母亲一阵拍打叫喊，潇湘终于缓过气来，哭出了声。"好了好了，我的乖孩子，哭出来就好了，你吓煞娘了。"母亲

将潇湘紧紧地搂在怀里，生怕被人抢走似的，

哥哥忙去擦母亲脸上的泪水："娘，都怨我，都怨我。""这怎么能怨你呢，子弹又不长眼睛。要不是你猛地蹲下去，那子弹说不定就打在她身上呢。"真是一场虚惊。

"这孩子可真是命大，差那么一丝丝就没命了。好了，没事就好。外面的枪声停了，我出去看看。"父亲说着开开房门出去了。

这时，外面已有人在走动，等父亲回来后才知道，刚才的一阵激战，有的人家中还遭到了炮弹袭击，中了炮弹的人家无一人幸免。这时，听到了那些遭了炮弹的人家，被抓了壮丁的人家，都传出悲惨的哭声。

"真是作孽呀！"母亲自语过后，想起了大舅家："你爹，快到他大舅家去看看，别出啥事。""嗯，我去看看。"父亲答应着走了。

父亲到了大舅家，见门已上了锁，忙问邻居："请问，马家怎么锁着门？人都去哪了？"邻居家出来的是一位中年妇女，一眼就认出了父亲。"你是大雀她姑父吧？""啊呀。""哎哟，前几天一大早他们全家就走了。"

"走了？去哪了？""听说去了台湾。""去了台湾？"父亲一阵惊恐。

那妇女又补充说："大雀这闺女也真是太犟了，他爹死活不走，说不能把她姑一家扔下，可大雀死拖硬拽地把她爹拉上了车。还埋怨说：'你总也忘不了俺姑，都啥时候了你还惦记着她！快走吧。'就这样一家子都走了？这不，门都

锁了好几天了。"父亲吃惊地愣在了那儿，半天才回过神来。

父亲像丢了魂似的一路摇摇晃晃地回了家，母亲一见父亲，立时紧张起来，忙问："他大舅家怎样，没出什么事吧？""难说会怎样。"父亲担忧地说着。

"这是什么话？你快说，到底出了什么事？"父亲略停了下说："听邻居说，前几天一大早全家都去了台湾。""什么？去了台湾！这跋山涉水的多危险呀。""听说他大舅不想走，是大雀硬拽走的。"

母亲含上了眼泪："大雀太狠心了，他明知道她爹舍不得咱们。"母亲是个温柔、内向的人，从不抱怨谁，大表姐的这一举动真是伤了母亲的心，母亲的眼泪止不住流了下来。

"算了，大雀那种势利小人，早就想把咱这家穷亲戚甩掉了，走了也好，省着碍她的眼！"父亲第一次对大舅家人说出了这种愤愤不平的话，也算是给母亲找心理平衡吧。

为此事，母亲一连哭了好几天。因为她想念大舅，大舅是母亲心中的依靠，大舅走了，母亲心里像是倒了一堵墙。

16

1949 年 10 月 1 日，开国大典的礼炮声响彻云霄，震撼全中国。天亮了，解放了。[①] 新中国成立了！大家奔走相告。

市民手拿彩旗走上街头，父亲、哥哥加入了欢庆的游行

---

①天亮了，解放了：这是当时的一句口号。

队伍里，街上锣鼓喧天。潇湘拿着母亲事先做好的小彩旗，跟母亲挤在马路边上的人群里，看着那浩浩荡荡的游行队伍，喊着响亮的口号从眼前经过。

大一点的孩子们，在欢乐的人群里钻来钻去，虽然他们还不太懂，但他们知道这是个喜庆的日子、热闹沸腾的日子。他们同大人们一起分享着喜悦，青岛港成了欢乐的海洋。

新中国成立以后，家里发生了巨大的变化，哥哥进了工厂当了工人。彻底与下海为生的危险又辛苦的活计告别了。父亲也安心在一家国营宾馆当大厨，父子俩都成了国家的主人。

贤惠的母亲一日三餐照顾着全家的饮食起居，往日母亲那郁郁寡欢的脸上终于露出了笑容。

旧社会使母亲失去了两个女儿，仅剩下的柱子和潇湘便使母亲更加疼爱。为这，引起父亲不少的唠叨："看你把两个孩子娇惯的，捧在手里怕冻着，含在嘴里怕化了，你心里只有孩子，从来不知道心疼心疼我。"

每当这时，母亲总是露出宽心的微笑。欣慰地说："他们有福气呀，共产党给他们带来了好日子，如果在旧社会，疼爱她们的只能是眼泪。"说着，母亲的眼泪又掉了下来。

父亲的脾气好多了，每当这时父亲便会说："看看，又来了，你以后能不能不再掉眼泪。""我这是高兴的眼泪，共产党给咱们带来了好日子。翻身不忘共产党，翻身不忘毛主席，咱们永远跟党走！"

新中国成立后的好生活、好日子让母亲高兴得合不拢嘴。

但也有母亲不开心的时候，那就是，每当闲暇时，母亲便会想起大舅一家人来，便会偷偷地跟父亲唠叨："也不知道他大舅一家在那边过得怎么样了，如果不走多好呀。"

父亲接着说："连一点音信也没有，去台湾有钱的人多的是，就凭大雀女婿开油坊的那点资金，到了那边还不是穷人？未必会比在这边好。"父亲像是很有见识似地说着。

"娘，我大舅家去了台湾？""嘘，可不敢对外面人说。"潇湘瞪着一双水灵灵的大眼睛不解地问："为什么？""不为什么也不能对外面人说。"母亲再次交代着。

潇湘虽然猜不透母亲交代的话里会有什么秘密，但她知道，母亲说的话是没有错的，潇湘懂事地忙点头。

这天是全家非常开心的日子，潇湘放学一进门就从书包里掏出了一张奖状："娘、哥哥，你们看我的三好学生奖状。""是嘛，快让娘看看。"母亲接过奖状爱不释手地看着，高兴得不得了。

她发自内心地感慨："我们的潇湘算是赶上好时候了，娘像你这么大的时候，别说上学，早裹上小脚不让出门了。"

母亲恨透了那双小脚，就是那双小脚让她吃尽了苦头，旧社会女人只能围着锅台转，没能力与男人比高低。

就像歌里面唱的那样："旧社会好比是，黑洞洞的枯井万丈深，井底下压着咱们的老百姓，妇女在最底层……"旧社会女人没地位，母亲全都怪罪在那双小脚上。

新中国成立了，也因她那双小脚没能进厂当工人，哥哥自然猜透了母亲的心，便安慰母亲说："娘，你也不要老为没当上工人遗憾了，你劳累了大半辈子，也该在家里享享清福了。"

"就是，如果娘也去上班，谁给我们做饭呀。"潇湘忙在一旁帮腔。

"是啊，娘知足，娘知足呀，这都是托了共产党的福。要不是共产党起来闹革命，毛主席领导咱们穷人翻身得解放，咱家哪有今天啊！毛主席是我们的大救星，我们永远跟党走！"这是母亲最常挂在嘴边的话。

母亲是广大穷苦人中的一个代表，她热爱共产党、热爱毛主席，她对党的那份情、那份爱，是无法用言语来表达的。

17

1964年，轰轰烈烈的上山下乡运动开始了，马路上的播音喇叭声此起彼伏："农村是广阔的天地，青年到那里是大有作为的……"随着社会潮流，下乡的队伍一拨又一拨。

每当潇湘看到胸戴大红花，站在大卡车上的有志青年向车下欢送的人群招手告别时，那激动人心的场面，让她羡慕不已。她不知道农村是什么样子，因为她自小没有离开过城市，没有离开过父母和这个家。

农村对她来说太新鲜，太有吸引力了。她凭着那股新鲜感，迫不及待地想加入下乡的队伍。但她是在校生，不够下乡条件。她那个急呀，急切地盼望着早日毕业。

1965年，支边的潮流涌来，潇湘激动万分，她真没想到多上了一年学,却让她等来了更好的机会。她可以头戴小圆帽,身穿绿军装,去实现做梦都想当一个女兵的愿望,她决定投身于建设兵团的行列,去实现军人的梦想。

母亲说什么也舍不得她走,两个姐姐的离去,让母亲那撕碎了的心刚刚愈合,怎受得了再次揭开伤疤?连从不过问孩子事情的父亲,也帮母亲说话了:"潇湘,你娘不让你去是对的,就你那娇生惯养、弱不禁风的身体,哪能受了那份苦。西北是一眼望不到边的戈壁滩,风吹帽子跑,夏天穿棉袄。那地方连草都不长,你去能受得了?"

潇湘忙接上了话茬:"我不怕,越是艰苦的地方我越要去,科瑞诺夫的寓言说得好,牵牛花从小依靠着其他树木生长,它永远也无法独立起来。"她拿出科瑞诺夫的经典寓言来驳斥父亲。

最后又补充道:"我要坚强,不当温室里的花朵,争当一棵大青松,不怕风吹雨打。我要穿军装,当一名女兵,让我这温室里的花朵从此变了模样。让同学们看看,我不是娇娇,我是一位坚强的革命战士!"潇湘那慷慨激昂的陈词,使得爹语塞,娘无话。

母亲听出潇湘的言辞里包含了对母亲的埋怨之意,母亲不理解,难道对孩子疼爱错了吗?世界上做母亲的都是这样啊!母亲沉默了,像是一个做错事的孩子在默默地自责、反省。

潇湘不怕父亲的阻拦,可她不忍心看到母亲伤心,她爱母亲,母亲对她的爱超越了其他母亲十倍百倍,从她记事起,只要她在母亲面前，母亲总是快乐的，是她给母亲磨平了以往的创伤，她要让母亲永远快乐。为此，她从没有想到要离开过母亲。

今天的话，她感觉到伤了母亲的心。她的眼泪涌进了眼眶里，她搂住了母亲："娘，对不起，我再也不说走的话了，我永远守着娘。"母亲的眼泪顺着面颊掉了下来。

潇湘远离了那些满腔热血的青年，她在家里看书、画画消磨时间。细心的母亲发现了潇湘的消沉，母亲不知所措。母亲不知怎样做才会让女儿开心，当看到女儿饭都比平日吃得少了时，她的心疼啊！有一天，她终于对女儿说出了她多么不想说的话。

"潇湘，如果你真的一心一意想去支边，娘同意。"母亲的话如同往死水湖里投了一石子，立时泛起了涟漪。潇湘不能相信自己的耳朵，她不相信母亲会同意她去支边，她的离去，对母亲来说比剜去她身上的肉都要痛。

"娘，你真的同意我去支边？！"潇湘激动地问。母亲默默地点点头说："只要你高兴，娘就……"她停顿了片刻接着说："娘就高兴。"母亲的眼里含着泪水。

潇湘沉默了，她清楚，母亲承受着多大的痛苦才做出这样的决定，母亲是为了让她高兴呀。

母亲啊母亲，您为了让女儿高兴，竟然用一个母亲难以承受的痛苦来交换，潇湘激动的心情冷静了下来。

心细的母亲看到了女儿的变化，忙问："怎么，你改变主意了吗？""娘，还是让我再慎重考虑考虑吧。"她不忍心让母亲的心在为她流血。

母亲看出,潇湘是因疼爱母亲而放弃自己愿望的。忙解释说:"只要一心想去,就去吧。不要为了娘委屈了自己。娘不拖你后腿,娘没事。"说着忙转过身去抹眼泪。

潇湘忙搂住母亲解释:"娘,女儿没认为您拖我的后腿,我理解娘。"潇湘也哭了,母女俩抱在一起哭。

还是母亲先止住了眼泪,她鼓励女儿:"既然下决心要去了,就要做好一切思想准备,离开了娘,什么都要靠自己,尤其大西北那地方,艰苦会超出你的想像,但你要记住,既然迈出了这一步,再苦再累也不能打退堂鼓。不能后悔,世上没有卖后悔药的。""娘,我知道。"

"只要你有这种思想准备,娘就放心了。到了那里以后,要好好工作,做一个好青年,这是毛主席他老人家提出来的,你要为党争光,不能让娘失望。"母亲无论到啥时候也忘不了党和毛主席。

母亲没有文化,说不出高深的理论,只能用实实在在的大白话嘱咐着自己的女儿。潇湘知道母亲话的分量,她默默地点点头。这是她自己选择的路,是母亲付出沉重的感情代价给她的路,她要义无反顾地走下去!她要努力做出成绩,这才是当代的革命青年!也不负母亲的一片心!她抱住了母亲:"谢谢娘,谢谢!"

潇湘走了,母亲没有去火车站送她,是哥哥送她走的,她知道,母亲是忍受不了分别时那种撕心裂肺的痛楚才没送她的。母亲啊!伟大的母亲!女儿永远爱您,无论走到天涯海角，永远！

18

1987年，一个意想不到的消息经长途电话传给了潇湘："我告诉你一个消息，台湾的表姐来青岛探亲了，你是否回来见见她。"这是哥哥打来的长途，潇湘感到很意外，她对表姐早已淡忘，表姐去台湾时她并不记事，至于知道那点支离破碎的往事也是从母亲那里听来的。她想见表姐不是感情因素，而是为了母亲临终前的一个夙愿。

"看来我这有生之年是看不到你大舅家的人了，等以后两岸统一有了联系，你们一定要去看看他们。"

更让潇湘难忘的是：母亲临终前竟给了她一样东西，价值昂贵的一样东西，并交代说："这一枚十五克拉的钻戒是你大舅给你的，就连当年见到家里有什么卖什么的父亲，也没敢把它变卖掉。你大舅交代过，将来把这支钻戒交给你。"

潇湘很吃惊地问："交给我？为什么要交给我而不是哥哥？"她感到很吃惊，难以置信眼前的这一切。

母亲并不为她的吃惊而感到意外，继续说下去："你不要问为什么，只管把它保管好就行了。等台湾有了消息，你就会知道这枚钻戒的秘密了。"母亲走了，带着对大舅一家人的思念走了。

本认为母亲的夙愿永远无法实现，钻戒的秘密也永远无法解开。没想突然从天上掉下个表姐来，潇湘异常激动，她要见表姐，她想知道钻戒的秘密。

正当她忙着办理请假、买车票等一系列手续时，哥哥又来电话了，很遗憾地说："妹妹，你不要回来了，表姐说她不能等你了，她的签证已到期，马上要回去了。"表姐的到来只是让她空激动了一阵。

后来她按表姐留下的地址给表姐去过几封信，都没有回音，母亲送她的这枚钻戒也就成了一个解不开的谜。

时间像箭一样飞过，潇湘已随着国家政策由边疆甘肃回到了家乡青岛。哥哥已白发苍苍，潇湘也年过半百了。哥哥躺在单间的病床上，潇湘坐一方凳守候在病床前。

哥哥今天的情绪特别好，可从他嘴里蹦出的一句话，让潇湘认为哥哥是在发烧，她忙站起身去摸哥哥的脑门。哥哥笑了，轻轻地说："我没有发烧，是真的，我不是你的亲哥哥，母亲也不是你的亲娘。"

潇湘无论如何也不能相信哥哥的话，她慢慢地坐下来，轻轻地摇着头。病房里安静得令人窒息。

"我知道你不愿相信这个事实，可这是真的，你可记得母亲临终前交给你的那枚钻戒吗？是大舅留给你的。"潇湘默默地点点头。

哥哥停了下接着说："以前你小，母亲一直对你守口如瓶，母亲盼望着将来你能找到自己的亲生母亲，由她来告诉你真相。后来母亲看到自己在有生之年难以实现这一愿望，临终前便偷偷地把真相告诉了我。"

"父亲知道我不是亲生的吗？""父亲知道，当年是父亲把你从大舅那里接回家的。究竟你是谁的孩子大舅没跟父亲说，父亲也从没问过。你是抱养的，父亲也没向外人透露半个字。为这事，母亲很感激父亲。"

"我可是吃母亲的乳汁长大的，都五岁了，我还在吃奶呢，这我记得很清楚，怎么会是抱养的呢？"哥哥见潇湘仍不愿相信，便又做了以下解释。

"是这样的，母亲刚生下一女孩，不到三天，半夜孩子便抽风死了。正巧第二天晚上，大舅把你交给了父亲。就这样，便神不知鬼不觉的，你就成了母亲的亲生女儿。"

"我的身世，母亲是从大舅那里知道的，你又是从母亲那里知道的，对吗？""对。"

听后，潇湘便埋怨说："哥哥知道真相后，为什么不早告诉我？"

"母亲交代，不到万不得已的最后一刻，绝不能告诉你。母亲是想能在有生之年找到你的亲生母亲，在没找到你亲生母亲之前，她永远都是你的亲生母亲！善良的母亲，要让你永远有母爱，不能让你感觉是孤儿，母亲太疼爱你了。"

潇湘含泪给哥哥倒了一杯水："哥，喝点水吧。"喝完水，哥哥接着说："看来，你母子相认遥遥无期，不但母亲没能等到那一天，怕哥哥我也等不到那一天了。如果今天不说，怕今后没有机会了。"

潇湘忙捂住哥哥的嘴："哥，你不要说丧气话，会好起来的，会的。""不要安慰我了，我自己有数，临终前我必须完成母亲的嘱托。要不然，我会死不瞑目的。"

哥哥既然把话说到这个份上，潇湘便不好再阻拦，在这世上，除了哥哥还有谁能告诉她那枚钻戒的秘密呢？哥哥补充道："大舅是最了解你身世的人了，我只是从母亲那里知道了一点支离破碎的情节。"

潇湘理解地点点头，她流着泪听哥哥讲述她那扑朔迷离的身世。

一枚钻戒

中 篇

1

北大校园里洋溢着节日般的喜庆，出出进进的师生川流不息，一阵铃声，师生们鱼贯似地进入礼堂。偌大的礼堂座无虚席，舞台的绿金丝绒幕布垂直而下，幕布上方悬挂着"庆祝北京师范学院更名 20 周年师生联欢会"十几个醒目的大字。

这场联欢会，是学校第一次师生同台演出的盛大联欢会，规模之大，声势超前。更让学生们感兴趣的是，老师们的节目保密，什么节目，由哪位老师来表演，学生们一概不知。这便引起了学生们的好奇和猜测，尤其是女生们更是津津乐道地猜个没完。

徐玲玲扯了下翟苗秀问："你说，今天能有哪些老师登台表演？"

翟苗秀思考了下说："张教授肯定上。""为什么这么肯定？""他平时喜欢拉小提琴，哪有不上的道理。""嗯。"徐玲玲赞同地点点头。

李薇华接着说："还有刘平教授会拉二胡，他也能上。""嗯。"徐玲玲继续点头。

张文辉插嘴说。"秦助教会吹口琴，说不定也会上台吹奏一曲呢。"徐玲玲一听急了："哎呀，怎么都是搞乐器的呀，如果来段乐器小合奏还行，可千万别一个一个地上，如果一个一个上的话，那多单调、麻烦呀。""哈哈哈……"徐玲玲的话惹得大伙捧腹大笑起来。

"我告诉你们一个秘密。"张文辉诡秘地说。徐玲玲忙问："什么秘密？""你们看一下，哪位老师没来，就是要准备登台演出的。""我当什么秘密呢，这谁不知道。"徐玲玲翻了下白眼顶了张文辉一句。

话是这么说，可张文辉的话还是引起了大伙的注意，她们个个伸长了脖子，寻找起老师们的踪影来。

徐玲玲："嗳，怎么没看见马教授？他不会也准备节目去了吧？"李薇华："你说马教授呀，就他那个老学究，百分之九十九的老师都上，差的那百分之一就是他了。"

"哈哈哈……"李薇华的话又引起了一阵大笑。同学们正说得热闹，一阵清脆的预备铃声响起，喧嚣的礼堂微微安静了下来。

这时，礼堂外面响起了急促的脚步声，是谁呀，这个时候姗姗来迟？那是朱湘怡，她是中文系大一班的学生。

她身材苗条，温文尔雅，婀娜多姿的体态，倾倒了一大片情窦初开的男生们，在这新的学年里，校花的殊荣被她摘得。

她担任这次联欢会的报幕员，老师们为给自己的节目保密，迟迟不送节目单，并将报幕员像关禁闭似的关在校长室里，这自然是老师们的主意。没法，朱湘怡只得一人静静地坐在校长办公室里等迟来的节目单。

这不，节目单到手，离演出只有十分钟了。她一边看节目单，一边急急忙忙地往礼堂走。

　　这时有一人也急着往前走，本来两人一前一后谁也不影响谁的，突然一阵风吹来，朱湘怡手里的节目单随风飘起，她赶紧去抓节目单。没想节目单竟飘飘摇摇地落在了一双黑皮鞋面前。她忙弯腰去拾，没想下腰太急，竟一头撞到了人家的腿上了，将"黑皮鞋"碰了个趔趄。

　　"黑皮鞋"一愣，正想说什么还没来得及，对方毫不客气地先开口了："走路怎么也不看着点！"

　　"黑皮鞋"想，你撞了人，反倒打一耙怪起我来了。但他还是很有修养的啥话没说，只微微笑了笑，跟随其后也进了礼堂。

　　又是一阵铃声响过，绿色金丝绒幕布徐徐拉开。履行完校长致开幕词后，报幕员朱湘怡紧接着出现在了灯光四射的华丽舞台上。

　　她已退去校服裙装，身穿一件大红缎面绣花旗袍，齐耳根的短发，衬托出了她那白皙红润的俊美脸颊。她美得如同荷花仙子、出水芙蓉。

　　舞台上的她，立时惊艳了整个礼堂！台下发出了"哇！"的唏嘘声。

　　她对台下的这一反应毫不在意，从容大方地亮出了她那清脆而甜美的嗓音："演出现在开始！演出的第一个节目是：大合唱，由大一二班演出。"

　　整齐而洪亮的歌声响起来，盖住了喧闹的现场。

　　师生们融入了欢乐的气氛中。现在已没人去猜测老师们的节目，每个人都目不转睛地盯着舞台。

大合唱结束，朱湘怡再次出现在舞台："下一个节目是男高音独唱，《我的太阳》。演出者暂且保密！"

这时，徐玲玲不满了："湘怡卖什么关子呀！"王文婷也随着附和："就是，保什么密呀。"她们几个都认为是朱湘怡独出心裁，临时耍花样呢。

这可真冤枉了朱湘怡，不是她耍花样，而是节目单上就是那么写的。

猜测又开始了，徐玲玲："是谁呀，敢唱这么高难度的歌曲，还暂且保密，真出洋相。你们说，会是谁？"翟苗秀说："准是大三的刘晓，他那个猴精八怪的，总想搞出点新花样。你没见他，总喜欢扯着个嗓子在校园里唱。"王文婷："嗯，准是他没错。"

正说着呢，演员走上了舞台。只见他，西装革履，脚下配了一双锃亮的黑皮鞋。他神态温文潇洒。不是学生，是一位中青年老师。一时，台下的人全都惊呆了。最为吃惊的莫过于站在侧幕里的报幕员朱湘怡了。

原来上台来的正是刚才被自己撞人家腿的那位"黑皮鞋"，更没让她想到的是，"黑皮鞋"竟是自己的班主任——马教授。

刚才她撞了班主任，竟连眼皮都没抬一下就张口指责："走路怎么也不看着点！"她那蛮横不讲理的样子立刻浮现在自己的脑海里，她不觉一阵脸红。

可她心里埋怨着，谁能料到马教授今天会一反常态地穿西装和皮鞋呢？竟也姗姗来迟。她心里嘟哝着，替自己抱不平。

马教授保守，平日里一贯穿中式大褂，脚蹬布鞋，既文雅又质朴，一副老学究的模样。

可现在站在舞台上那风流倜傥、潇洒奔放的他，如同意大利王子。这怎能让朱湘怡料到呢？就连学院的老师们也都惊呆了。

马教授站在舞台上，旁若无人地展开了歌喉，音符如同留声机般流淌出来，他那高亢浑厚的音色，发音吐字的技巧，真是掌握得恰到好处。立时，响起了雷鸣般的掌声。真是太不可思议了，朱湘怡看呆了，看傻了。

朱湘怡平日里如公主般骄傲，从来没这样认真去看过一个男人，舞台上的马教授竟让她如痴如醉、目不转睛。歌声结束了，台下一片掌声雷动，这才把她从陶醉中惊醒，她用倾慕的眼神目送马教授走下舞台。

演出仍在继续，幕布一次次拉开，下面的节目她一概没有了感觉，脑海里全是那风流倜傥的身影，高亢激昂的歌声和那掌声雷动的场面。

2

静静的夜，朱湘怡躺在床上，回忆着马教授一切的一切，可无论如何她也找不出马教授会用意大利语唱《我的太阳》的蛛丝马迹来。

更让她不能理解的，一贯穿长袍、布鞋的马教授，今天竟会穿那质地高档的西装和能照出人影的皮鞋。舞台上的马教授，与平时校园里、课堂上的马教授真是判若两人。马教授隐藏得真够深的，她在想。

马教授那藏而不露的谦虚品质，那风流倜傥、温文尔雅的气质，马教授那首《我的太阳》，像春风、像雨露，浇灌着青春少女情窦初开的花蕾。

星期三的国语课，让朱湘怡等得好苦，她盼望着马教授来上课，她喜欢看他穿西装的潇洒气质、高雅的风度。可令她失望的是，马教授又一次一如既往地穿上那中式大褂、布鞋。

那严肃的表情，又恢复了往日那副老学究的模样。她看着讲台上的马教授，回忆着舞台上的身影，她走神了。

下课了，马教授从容地离开课堂，教室里又一次地喧嚣起来，可朱湘怡却呆呆地坐在座位上。徐玲玲见状，故意悄悄地凑到她身后大喊了一声：“朱—湘—怡！”。这冷不丁一声把朱湘怡给吓了一跳：“哎哟，吓死人了，你干什么！”“问我干什么，你说，你在愣啥神呢？”

“我在想，马教授……”朱湘怡还没把话说完呢，徐玲玲便接上了话茬：“什么？你想马教授了？”听到的同学全都笑了。朱湘怡的脸一下子红了，抬起小拳头就去打她：“坏死了，坏死了，你开什么玩笑！”

“哎哎,刚才不是你说想马教授了吗？”“你还说,你还说！你明知道我不是那个意思，你太坏了。我不理你了！”一贯文静的朱湘怡一时不知道该用什么解气的词语来攻击徐玲玲，只见她双眼含泪一噘嘴坐下不理人了。

徐玲玲知道玩笑开过了头，忙道歉：“对不起了，湘怡，你知道我是开玩笑的，别生气了。”

　　"有你这么开玩笑的吗？"朱湘怡还是噘着嘴不理她，徐玲玲忙上前又推又摇："对不起了，我错了还不行，以后再不敢了。"李薇华也帮忙说情："湘怡别生气了，她真是开玩笑，同学们都明白的。"王文婷也接上话茬："你就原谅她吧。"

　　徐玲玲见朱湘怡仍噘着个嘴生气呢，忙双手合十，拿出舞台腔："小姐，小生这厢有礼了！"这便惹来了一场哄堂大笑。

　　大伙的说情，徐玲玲那幽默的道歉，朱湘怡算是原谅了她。但仍怒气没消地在徐玲玲的额头上狠狠地戳了一指头说："再有下次，决不饶你！"徐玲玲手捂额头夸张地："哎呦，好疼！"大伙笑着喊："好！好！戳得好！"

　　朱湘怡还是放不下心里的事，说："刚才我在想马教授……"话刚出口忙停住，她迅速地瞟了周围一眼，见大伙没再嬉笑，才又接着说下去："我在想，马教授在课堂上和在舞台上，真不像是一个人。"李薇华接上道："就是，我也这么想。"

　　徐玲玲自作聪明状："舞台上的那一位呀，和课堂上的这一位，那是双胞胎，知道吗？"

　　张文辉也过来凑热闹说："你们谁敢去问一下马教授，他是不是双胞胎？上台的那位，是不是替他顶包的？""你去问呀，你去呀。"徐玲玲抓住张文辉话紧逼。"我不敢，我不敢。"张文辉一边说着，一边赶紧往后退。"噢，原来你也不敢呀，我还认为你多能呢。""哈哈哈……"又是一场大笑。

　　大伙笑过，又回到原题，李薇华说："他是教国语的，怎么会用意大利语唱《我的太阳》呢？"

秦助教不知啥时候来到他们面前："马教授是意大利留学生，当然会意大利语了。""是吗？"大伙都很惊讶。

张文辉："马教授的歌唱得真是太棒了，真是出乎我们大家的预料。"秦助教说："马教授去意大利留学就是进修声乐的。""是吗？怪不得呢，那为什么不当歌唱家，又教起国语课了呢？"张文辉在刨根问底。

"教国语有什么不好吗？"张文辉一时语塞。秦助教接着说："其实，马教授还是很喜欢搞声乐的，听说家中的老太太反对，他也就忍痛割爱，改行教国语了。""这真是太可惜了。"大伙感叹地说。

3

夜晚，月牙儿静静地挂在天边，将军府的花园里，百花争艳，万紫千红，整个花园弥漫着渗透肺腑的芳香。可偌大的花园里，却静得能听到蛐蛐的叫声和喷泉里的喷水声。

朱湘怡来到窗前，拉开轻如薄纱的窗帘，双手托腮趴在窗台上向外面凝视着。院内的景色如同往常，可今晚她却感到那优雅的小院如此的寂静，寂静得让她感到了冷意。

张妈走过来："小姐，该休息了。""噢，知道了。"她嘴里答应着，身子仍然贴近窗台没有动一下。"快睡吧，再不睡，老爷知道会不高兴的。"朱湘怡在张妈的再次催促下，快快地回到床上去了。

第二天上课时，她早早拿出汉语课本等待马教授的到来，没想进来的竟是秦助教，说是马教授家中有事请假回青岛了，这周暂时由他负责上课。

听到这话，朱湘怡的眼泪立时滚了下来。还好，谁也没注意到她。她忙偷偷地擦掉眼泪，这种莫名其妙的眼泪，连她自己都感到数不清理不顺。"我这是怎么了？"她在默默地追问着自己。

一星期过去了，马教授怎么还没回来呢？往常，朱湘怡会感到一星期的时间一晃就过去了。可这个星期却不然，她感到出乎预料的长，像是一个月？一年？真是应了那句俗语：一日不见，如隔三秋。

这时徐玲玲兴高采烈地从外面进来了说："告诉大家个好消息，马教授回来了。"

这消息，让朱湘怡惊喜若狂。她的脸上立时泛起了红晕，她一刻也等不了，她想马上见到马教授。她迅速地起身向老师办公楼走去。当她即将进入马教授办公室的一刹那，她犹豫了。

见到马教授该说什么呢？说我想您了？那可不行，一贯严肃、正统的马教授会用鄙视的眼光看我的。如果我只默默地走到他面前看他，马教授会问，你找我有事吗？我又该说什么呢？说有事？还是说没事？

这时，她的大脑思维，像海浪一样迅速的翻腾着。波涛一浪接一浪地泛过来又砸过去，使得她那细白、滑润的额头上面渗出了细细的汗珠。

这莫名其妙的情感和少女羞涩的本能搅在了一起，我这是怎么了？不能！坚决不能！我不能迈进那道门坎！

在理智的要挟下，终于战胜了冲动，少女的羞涩还是让她停住了脚步。她只有回教室耐心地等待马教授来上课，这才是她唯一的选择。

马教授今天上课，少了以往的严肃，增添了几分喜悦。今天的马教授怎么又让自己变成了另外一个人？朱湘怡百思不得其解。

还是从秦助教那里得来的消息，马教授这次是专程为儿子办理进新学堂读书的事而回青岛的。

马教授有两个女儿，后来妻子又给他生了一男孩，这对独生子的马教授来说至关重要。家中有了男丁，马家就有了续香火的接班人了，他就可以摘掉"不孝有三，无后为大"的罪名！（山东传统：女人没生养，男人没儿子，通算为无后。）这也让老母亲对地下的父亲有了交代。

儿子能进新学堂读书，便意味着将来有了光宗耀祖的希望。

张文辉惊讶地说："马教授都是三个孩子的父亲了？真看不出来。"

马教授的好消息，同学们听了都很高兴。没想这好消息，却把朱湘怡打击得一败涂地。

夜晚，月牙儿冷冷地挂在天边，朱湘怡一人静静地来到喷泉旁，用手接着喷泉喷下来的水滴自语："你！为什么要是三个孩子的父亲！你！为什么要有那么多让人读不懂的东西！你身上究竟有多少秘密让人去猜，让人去想啊！"那刚燃起的少女激情，就此熄灭。

"小姐，夜深了，回屋吧，小心着凉。"张妈又来到了她身边。

张妈是她的奶娘，她是吃张妈的乳汁长大的，张妈对她像对亲生女儿一样疼爱，至于她的父母，在她的记忆里，父亲是严厉的将军，整天忙于他的军务。

母亲只是个吃喝玩乐的姨太太，整天陪其他三位太太打麻将，要不然就是出去看戏、逛街，买新上市的绸缎布料和金银首饰。

能经常陪伴在她身边的只有张妈一个人，在这座富丽堂皇的将军楼里，朱湘怡享受着丰厚的物质生活，但父母亲情却淡如白水。

平日里嘘寒问暖关心她的是张妈，她和张妈的感情胜过她和亲生父母。在这个世界上，张妈是她最知己、最亲的人了。

张妈的话，像命令似的起着作用，在张妈的催促下，她顺从地回屋里去了。

4

今天的将军府里，高朋满座，喜气洋洋，北平的各大名流、达官贵人都来了。这是朱将军专为女儿朱湘怡 20 岁生日举办的家庭晚宴。

张文辉、徐玲玲、王文婷、翟苗秀、李薇华，甚至连整天扯着嗓子乱吼的刘晓等同学，也都接到朱湘怡的邀请，特来参加这次隆重的生日宴会。

随着管弦乐队的乐声响起，晚宴华灯初上，司仪高声致辞："庆祝宴会现在开始，请今晚的主角，朱湘怡小姐闪亮——登——场！"

在同学们的簇拥下，朱湘怡缓缓步入宴会厅。只见她，穿了一件白色拖地长裙，头上戴了一顶装饰小帽，那别致典雅的长裙装扮得她如同意大利公主，那楚楚动人的容颜，婀娜多姿的神采，给晚宴带来了霞光万道。

"大家好，感谢大家的光临，谢谢！"她彬彬有礼，腼腆而温柔地向贵宾鞠了一躬。

晚宴大厅立时响起了热烈的掌声。

朱将军为女儿的美丽而感到骄傲，满脸笑成了一朵花。四姨太毫不掩饰地夸奖自己的女儿："将军大人，我给您生了这么个仙女般的女儿，功劳不小吧？""功劳大着呢，功劳大着呢。"朱将军连连答应，脸上笑开了花。

这时，生日快乐的音乐缓缓奏起，服务生推着生日蛋糕车来到朱湘怡面前，同学们欢呼雀跃地围到蛋糕前。

朱将军高举酒杯向各位致谢："各位贵朋好友，今天大家能赏光来参加小女的生日宴会，使这小小的将军府蓬荜生辉。今略备薄酒，不成敬意，望各位开怀畅饮。来，为小女生日干杯！"

"祝小姐生日快乐！"祝贺声充满宴会厅，紧接着碰杯声叮咚作响。

张督军手端酒杯来到朱将军面前："将军大人，鄙人早听说府上的朱小姐美如天仙，今日一见，真是名不虚传。"

朱将军满脸堆笑："承蒙夸奖。"

张督军试探地问："朱将军，准备将贵小姐花落谁家呀？""不急，不急，学业重要，学业重要。"朱将军敷衍着。

说者无意，听者有心，张督军机不可失地接上话茬："我说朱将军，您看那边的小帅哥……"张督军指着前面正在和人交谈的一位年轻军官。朱将军随意看了下："嗯，不错。"

"我说朱将军，那小帅哥，看起来还顺眼吧？"朱将军仍然敷衍着。"嗯，不错，不错。"张督军不计较朱将军的敷衍态度继续说："你就没看出点什么来？""看出什么来？"

在张督军的提醒下，朱将军这才认真看了站在远处的那位年轻军官。

只见他，身穿一套合体整洁的军装，在人群里真是鹤立鸡群。那笔挺修长的身材是那么的威武干练，他那超标准的军人风度让朱将军赞不绝口："好一个年轻英俊的后生！他是你的部下？"

"比部下亲近多了。" 朱将军惊异得"噢"了一声，然后又一次看了那年轻军官一眼。

"咦，我怎么觉得他有点面熟，像一个人。"张督军笑眯眯地回答："是吗？是看出了点名堂。"

这时朱将军像是领悟了什么，他手端酒杯围着张督军转着圈看起来。"哎，哎，你啥意思这么看我？"朱将军语重心长地说："我怎么觉着和你有些像？"

　　这时，张督军开怀大笑："哈哈哈，有点像，不是一般得像吧。"

　　朱将军故作生气状："好啊，你这家伙竟敢明目张胆的戏弄本将军！"张督军忙解释："哪里哪里，我怎敢呢，只是怕犬子碍了将军的眼，所以没敢带到你面前来，如将军不嫌，让他过来您仔细瞧瞧？"

　　"你装啥糊涂，还不赶快叫过来！""是！"张督军两腿一并，故意做了个立正动作。"你呀，就是个老小孩，哪像个大舅……"朱将军欲言又止，同僚们没注意朱将军的话，却被张督军的意外动作惹得哈哈大笑。

　　张督军满脸喜悦，忙转身对副官交代："去告诉少爷，说我让他过来。""是！"副官应声走了，

　　片刻，少校来到张督军面前："父亲，您叫我？"张督军忙将儿子拉到将军面前："来来来，见过将军大人。"年轻军官来到朱将军面前，正正规规地行了个军礼："您好，张凯见过将军大人。"朱将军满脸堆笑："自己家里，不必拘礼，今年多大了？""报告将军大人，现年22岁！""22岁就少校军衔了，有前途，有前途啊！"

　　他转脸对张督军说："我记得有一年你曾带他来过我家一趟，那时才只有这么高。"说着用手比画了一下接着说："没想一下子长成大人了，还是军官了，这真是将门出虎子。老兄，你是有功之臣那！"

　　"哪里哪里，过奖了，过奖了。"这边正寒暄呢，那边的王文婷说话了。

"将军面前的那位军官真帅！湘怡，他是谁？"正在聚精会神切蛋糕的朱湘怡听到问话，便抬起头看了下，没在意地回答："不认识。"说完，低下头小心翼翼地继续切蛋糕。

王文婷继续说："这么年轻就是军官了，他肩上是什么军衔呀。"她本意是问湘怡的，没想无意中拉住了张文辉的手。

张文辉回答："我哪知道，要想知道问将军大人去。""对不起。"王文婷忙松开了手，搞得自己满脸通红。

专爱找机会开玩笑的徐玲玲这下可碰上了彩头，怎能放过？她忙凑过来对王文婷耳语："你是醉翁之意不在酒，看上那年轻军官了？还是张文辉？""你！"王文婷羞恼地去追打徐玲玲。

5

"将军大人，对不起，我来迟了。"只见一位西装革履、风度翩翩的男子来到了将军面前。朱将军一见便像老熟人似地责备起来："来迟了，来迟了，罚酒！"来人也不客气："认罚，认罚。"只见他接过酒杯仰头喝了下去。"爽快！不愧为军人的后代。"

张督军听到此言，忙接上话茬问："朱将军，他是哪家同僚少爷？好像从没见过。""他留学国外几年，回国也是近两年的事，您自然没见过。""难怪。"张督军喃喃地说。

朱将军热情地转向来者："玉涵，今天借此机会，给在场的亮一嗓子怎么样？别把学业荒废了。""将军大人发话，玉涵怎敢违抗。""哈哈哈，我有那么威严嘛。"朱将军满脸的自豪。

只见来者喝了一口白兰地道："为庆祝贵府小姐生日，晚生不才，献丑了！""唱吧，唱吧，啰唆个啥。"将军面带微笑催促着。

只见他弯腰施一礼毕，便手举酒杯潇洒地唱起来："啊！多么辉煌，灿烂的阳光！……"他在用汉语唱《我的太阳》，他那高亢激昂的歌声，立时压倒了喧嚣的大厅。

朱湘怡和同学们不约而同地将目光转向歌声传来的方向："马教授！"同学们异口同声地喊了起来。

朱湘怡立时愣住了，马教授的突然出现太意外了，看他那身庄重的衣着，自然是有备而来，是谁邀请了他？疑问把朱湘怡推向了云里雾里。一阵掌声雷动，歌声结束了。

徐玲玲毫不客气地责备正在愣神的朱湘怡："湘怡你太不够意思了，邀请马教授来也不告诉我们一声，弄得我们好紧张。""就是，我也好紧张。"一向文静不多语的李薇华也怯怯地加了一句。

"马教授不是我邀请的。"朱湘怡喃喃地说。"还耍赖，不是你邀请的，难道会是将军大人邀请的？"徐玲玲自然不信朱湘怡的说辞。

可马教授的到来，事先朱湘怡真的不知道。真让徐玲玲说中了，马教授真的是朱将军邀请来的客人。

马教授的歌声震惊了在场所有人，张督军忙夸奖说："啊，唱的真是太好了！"朱将军满脸自豪地说："那是，意大利声乐留学生能错得了吗？"

"是嘛，那还不赶快给我们在场的几个介绍一下？""不急，不急。"

张督军见朱将军对这位客人接二连三的推辞，便心生疑窦，他不错时机地向朱将军展开攻势："朱将军迟迟不肯暴露这后生身份，难道这里面有什么隐情？"

张督军一句话，惹起了大伙的起哄。"是呀，快给大伙介绍一下，再卖关子，隐情可就变成隐私了。哈哈哈……"

大家的起哄，自然是缘于张督军的一句话。朱将军毫不客气地说："你呀，啥时候能改掉那张不吃素的嘴！""知道就好，知道就好。"张督军满意自己的杰作。

为了洗清这"隐私"的不白之冤，朱将军喝了口白兰地，严肃地说："他就是我的救命恩人，马营长的儿子——马玉涵。"

现场瞬间沉默，然后是一阵"唏嘘"，接着是大伙的感叹："马营长的儿子都这么大了，真是个出类拔萃的好后生。"一提起马营长，在场的同僚们便会想起，当年马营长舍命救朱将军的一幕来：

那是发生在胶东半岛的一次抗战中，朱将军那时是二师一团团长，他带领一团攻打鬼子坚守在胶东半岛的一个顽固堡垒。他们攻打了三天三夜没能将鬼子的碉堡拿下，但鬼子也感到危在旦夕，忙调来轰炸机支援。

轰炸机在上空盘旋，炸弹像雨点般地往下落。朱团长已忍耐不住在掩体指挥部里指挥作战，他冲出指挥部，来到了一营前沿阵地指挥战斗。瞬间飞来了一颗炸弹，炸弹在不远处爆炸了，炸弹皮无情的四处飞溅，手疾眼快的马营长忙用自己的身体将朱团长按倒在地，团长无事，可掩护他的马营长却趴在他身上不动了。

朱团长的命是用马营长的命换来的，他发誓要为马营长报仇，不把小鬼子赶出中国誓不为人！

在抗战期间，朱团长屡立战功，后升为将军。他时时不忘救命之恩，总是尽最大能力接济马家生活，包括马营长儿子马玉涵出国留学的一切费用，他对马玉涵像自己的亲生儿子一样。

往事勾起了朱将军的伤感，尤其在这种场合下，张督军深感内疚，忙道歉："真对不起，今天不该给将军带来伤感的回忆，我真的不知道。"朱将军大度地说："没什么，各位慢用。"然后转身对马玉涵说："来，跟我见见今天的主角去。"

6

朱将军拍着马玉涵的肩膀一边走一边说："往日没机会见，今天认识一下。其实早应该让你们认识了，你俩总是阴差阳错的没碰上面。"

马玉涵笑而不答跟将军来到朱湘怡面前，朱将军忙介绍说："这就是今天的主角，我的娇娇女——朱湘怡。"

朱将军这一介绍，同学们全都笑了，将军愣了："你们笑什么？难道我这样说有什么不妥吗？"他满脸狐疑地看了那些活泼的同学们又看马玉涵。

这时的马玉涵，微笑着保持沉默状。王文婷已忘记了刚才与张文辉的尴尬，抢先接话茬说："不是，不用您介绍我们也认识。""你们认识？"朱将军由疑惑变成了糊涂。徐玲玲说："将军大人不信呀？不信问湘怡呀。"

"闺女，你们真的认识？"朱湘怡啥也没说，像雕塑一样愣在那里。

这时，同学们不约而同地说："他是我们的班主任，马——教——授！"朱将军忙问："玉涵，这是真的吗？"

这时的他轻轻地摇动着手里的酒杯，仍笑而不答。"嗨！这事你怎么没告诉过我呀？小女是你的学生，我竟全然不知，我糊涂啊。"

马玉涵忙道："将军忙嘛。""是啊是啊，都是让军务给忙的，让军务忙的！既如此，我不在这里添乱了，你们聊，你们聊。"马玉涵彬彬有礼地说了声："将军大人请便。"朱将军笑呵呵地离开了。

马玉涵在学校里是他们的老师，今天的此时此刻，便是朱湘怡家里的客人，学生们的朋友。他一改往日的严肃，换上了热情奔放、愉悦和温馨的笑容。

他从服务生推过来的饮品车上，拿起了一杯红葡萄酒，来到了朱湘怡面前："湘怡，祝你生日快乐。"

马教授的祝福，让朱湘怡好生意外，他那温馨的笑容，落落大方的姿态，让她发自内心的羡慕与欣赏。

尤其今天马教授称呼她竟删去了"同学"二字，这让她感到好亲切。那先前已熄灭的激情，又重新点燃。那无形的怨恨已云消雾散。

她心里充满感动与激情。这时，她那双清澈的眸子里闪出了幸福而激动的光。

朱湘怡那含蓄的女性美，马教授像是第一次看到。她那温婉的神态让他震惊。啊，她是多么迷人的女性！马教授手端酒杯静静地凝视着眼前这位如同美女雕像般的朱湘怡。

此刻，空气像是凝固了，世界像是只有他二人。他俩相互凝视着，许久许久没能说出一句话。

徐玲玲忙提醒朱湘怡："湘怡，快接过马教授的祝福呀。"这时，朱湘怡像是如梦初醒，忙伸出纤纤玉手去接那杯祝福酒。

就在接酒杯的一刹那，酒杯在两人的手中微微颤抖，朱湘怡的心在咚咚地跳，脸在呼呼地发烧。朱湘怡不知所措，眼泪都快掉下来了。

马教授此时只觉血液直往上涌，那潮起云涌的激情，如同触电般迅速地传遍全身。他感觉到了，情窦初开的朱湘怡，已向他打开了爱的心扉。这便给已是三个孩子的父亲——成熟型的马玉涵，带来了难以抗拒的激情！

这种爱，他第一次感受到，这种微妙的感觉和难以控制的兴奋与激动，是他和妻子从没有过的。

马教授努力让自己镇静下来，默默等待朱湘怡喝下他这杯发自内心的祝福酒。

"快呀，快喝呀。"同学们一个劲起哄般地催促着。

朱湘怡手端酒杯，垂下眼帘，慢慢喝下了第一口酒。只觉甘甜的美酒立时渗透到每根神经，她品出了酒的甘美与陶醉，她品出了人生幸福的滋味。她血液沸腾，眸子里含上了羞涩而幸福的光。

她那羞涩的眼神里表示着什么？马教授揣测着朱湘怡那情窦初开少女纯真的心绪，他举起酒杯说："湘怡，将这杯酒干了吧。"他目不转睛地盯着那双含情脉脉而美丽的大眼睛。

朱湘怡感到了这杯酒的深情含义，她不能拒绝。她情不自禁地又看了马教授一眼，只见马教授微笑着，向她投去鼓励而自信的目光。

此时，她心里像点燃了一把火，火光把她整个身心照耀。

此时，她那愉悦的心情，轻得如云，如风。

一声清脆的碰杯声过后，她一仰头，将酒一饮而尽。而后，马教授微笑着也将酒一饮而尽。

"好！太好了！"同学们忙鼓起了掌，晚宴在欢乐的气氛中结束了。

7

众人散去，这时的朱湘怡，体态不由自主地摇晃起来，张妈搀扶着她走进了卧室。张妈埋怨地说："看你，今晚怎么喝成这样，没喝过酒的人是顶不住酒劲的，举杯应付下就行了，还那么认真。"

湘怡含糊不清地说着："今天，今天这酒，我不能不喝，就是毒药，我也要把它喝下去。""这又何苦呢。"张妈摇了摇头，忙替她更衣安顿上床就寝。

突然响起了敲门声，"谁呀？"张妈问。"老爷那边有请，让小姐这就过去趟。""啥事不能明天再说。"张妈不满地唠叨着，她心里虽不满，但还是要告诉朱湘怡的。

"小姐，老爷让你过去呢。"已脱掉长裙的朱湘怡，身穿真丝睡裙酥软地躺在床上，她还陶醉在幸福中，哪肯中断这美好的回忆？忙说："不去不去，我要睡觉！"来者听到这话，应了声："知道了。"悄声离去。

张督军父子随朱将军夫妇在客厅喝茶，张督军仍对小姐夸个不停："都说贵小姐美如天仙，让我说，她比天仙更胜几分。"

"哈哈哈，你这张会夸人的嘴，死人都能让你夸活了。""哈哈哈，这可是我的真心话哟。"

侍从来报："老爷，小姐已睡下，说不过来了。""看这孩子，真没规矩，客人还没走呢，她就先睡觉了，都让你给惯坏了。"

他把矛头指向四姨太。"哟，看你说的，好像你不惯似的。"四姨太虽然嘴噘得老高，心里还是美滋滋的。

是呀，别看将军平日像是不多关心小姐，可小姐想干什么，想要什么，朱将军从来都是百依百顺，从不打折扣的。

张督军知道朱湘怡不能过来了，仍大度地说："没事，小姐也累了,让她好好休息吧,我们聊会就回了。"话虽这么说,但仍没有走的意思,他喝了口茶便又聊上了。

"听说马营长儿子出国留学,都是您资助的?""是啊,马家孤儿寡母怎供得起孩子出国读书。要不是当年马营长为我挡了炮弹,我朱某怎能活到今天,资助是我义不容辞的事。"

"是呀,朱将军是仗义之人,对救命之恩总是没齿难忘。将军关照马家有目共睹,为兄佩服!"

"我虽拥有丰厚家资,但无福享有男丁,取了四姨太才生了湘怡这一宝贝女儿。马营长的儿子,就拿他当我自己的亲生儿子了!"

提到马教授,少校张凯已产生深刻印象,他不但看好他那潇洒的气质,更欣赏他那高水平的演唱。他问朱将军:"将军大人,当时怎么想起让他出国进修声乐的呢?"

朱将军回答:"学什么无关紧要,只要他喜欢。当时出国是学意大利语的,学业完成后,他又自愿进修了声乐。这不,一次出国,竟拿到了 2 个学位回来。"

经朱将军这一说,张凯更加佩服马教授,诚恳道:"真是有志之士,人才!"张督军也连连称赞:"他有今天的成绩,多亏将军你这位伯乐,将军真是有功之臣那。"

对此夸奖,将军深有成就感,但嘴上还是很谦虚地说:"伯乐谈不上,能让玉涵学有所成,也算对得起地下的救命恩人了。"这也的确是朱将军的心里话。

不觉墙上的时钟敲响了 11 点,张督军忙起身告辞:"这么晚了,不打扰。犬子本想向小姐借本书的,既然小姐已休息了，那就改天再来讨扰吧。"

朱将军夫妇将张督军父子俩送出大门外，只等小轿车开走老远，夫妇俩才返回客厅。

来到客厅，四姨太看着满脸笑容的将军说："我看那，张督军的儿子是看上我家湘怡了，什么借书之类的话，都是借口。"

朱将军接话："我看，张督军比他儿子还急。不过话又说回来了，闺女早晚是要嫁人的，我家湘怡嫁给张家少爷，也算是门当户对，郎才女貌，算得上是门好亲戚。"

朱将军口品香茶，满意地回味着今天他为女儿安排的这一切。可他哪里知道，就是今晚的这次生日宴会，给女儿带来了终生难忘的痛苦。

8

马教授从朱府回来，已是夜里十点多了，他进屋没有开灯，和衣躺在单人床上。那激情的碰杯，那含情脉脉的眼神，像电影似的出现在他的脑海里，他激动，他难以控制自己。

圆圆的月亮高挂在天上，月光由窗口透进来，照到了他的床上，他的脸上。他扭头仰望天上的月亮，是那样的圆，那样的亮。周围有两片浮云微微游动在它的左右，月光如雪，映照着院落如同白昼。

马教授思绪万千，脑海里挥之不去那个婀娜多姿、亭亭玉立的身影。

　　我这是怎么了？我已是有妻室的人了，三个孩子的父亲。我心里不能再装下别人了！他想起了家中贤惠的妻子，自她嫁到马家，夫妇二人总是离多聚少，家中的一切都由她一人操持着，照顾老母，照看孩子。年复一年，日复一日，她总是默默地履行着一个贤妻良母的职责。

　　他与妻子的婚姻，是自小由父母给包办的，虽然两人从没有过花前月下的浪漫，诗情画意的聚首，甚至在入洞房没揭盖头前，相互都不知道对方是啥模样。

　　但妻子深深地爱着他，妻子出身书香门第，她没受过洋学堂的教育，只在自家的私塾先生那里跟兄长们一起学过四书五经。

　　她看过《女儿红》，看过《列女传》。从小接受着三从四德的祖训教育。每当丈夫伏案看书时，她便会默默地将热茶送到他的手中。

　　妻子喜欢听他朗诵唐诗宋词，有时碰到她熟悉的诗词，也会随上几句。每当这时，他会感到妻子的贤惠、温柔，是老天赐给他的恩惠，是他前世修来的福气。

　　他又一次凝视了天上的月亮，见那两片浮云仍围绕在月亮周围不肯离去，他又遐想起来。如果湘怡是那圆圆的月亮，周围那两片不肯离去的云朵又代表着什么呢？其中一朵是我吗？不对，不应该是我。那又是谁呢？他在混沌的遐想中慢慢地睡着了。

　　第二天一进校园，满园的菊花伴随着其他花卉争相开放，浓郁的芳香直冲肺腑，好香呀！

正是这个季节，学生们新的学年又开始了，朱湘怡已是大三的学生了，由单纯文静的小姑娘，一下子变成热情四溢的大姑娘了。

尤其是从生日晚宴那天起，她知道了马教授与她们家的特殊关系后，再也不担心想见马教授又不敢见马教授的尴尬了。

这不，她正在邀请马教授和她一起散步呢："马教授，您看外面的风景多宜人呀，好多师生都在外面散步呢，我们也去呼吸一下新鲜空气吧。"

"不行，我这里还有事情要做呢。""哎呀，我都邀请您三次了，您就那么难请呀。"

她含情脉脉地望着马教授，朱湘怡那双美丽而诱人的大眼睛，如同利剑般刺向马教授的心，马教授忙躲开她那锐利的目光。

他每时每刻都在警惕着自己，我是一个有妻室的人，不能让她陷入感情的误区，不能让我的私欲侵害她那单纯而无瑕的心灵。

他，又一次狠心地拒绝了朱湘怡的邀请。朱湘怡走了，她含着满眼的泪水走了。

马教授正为自己的满意推辞感到欣慰时，秦助教进来了。他见马教授一人在看教案，便问："刚才朱湘怡来过了？""嗯，怎么了？"

"您批评她了？"马教授被问得莫名其妙："没有啊。""我见她哭着跑掉了？""是吗？哎呀，这下糟了。"他忙起身冲出了办公室。

在教学楼的墙角处找到了朱湘怡，周围没人，只有她一人对着墙角偷偷地哭泣。

马教授来到她身后，轻轻地问："你怎么了？是因为我没答应你的邀请吗？"朱湘怡没有理他，马教授将她的肩膀扳转过来注视着她的眼睛说："你看着我，你听我说。"

这时，马教授见朱湘怡那柔润无瑕的脸上挂满了眼泪，就像是出水芙蓉上滚动着晶莹剔透的水珠一般。他的心猛地一震，此时此刻，他多么想将她搂进怀里，用他的唇吻去那珍珠般的泪痕。

不行！理智在严肃地向他宣言："不能，不能！"马教授的心碎了！

马教授静静地喘息了片刻，轻声地说："我真的很忙。""你撒谎，你骗我！""我没有。"马教授知道，"我没有。"这三个字说得是多么的没有分量。

他看到朱湘怡伤心难过的样子，马教授也难过到了极点。但他不能纵容自己，他是师长，他要保持严谨的师生距离。他松开了双手，朱湘怡的眼泪"唰唰"地又一次地流了下来。

看到眼前的一切，马教授的心像刀绞一样痛，但他努力克制着自己，耐心地说服朱湘怡："别哭了，让同学们看到会笑话你的，刚才秦助教还误解我批评你了呢，这要是让同学们看到，还认为我欺负你呢。"

朱湘怡毫不掩饰地质问："你会欺负我吗？""哪敢呢，我的朱大小姐。" 一贯严肃的马教授，今天竟意外地开起玩笑来，这便使得朱湘怡破涕而笑了。

马教授用手轻轻替她拭去了脸上的泪痕安慰说："好了，好了，雾开云散，一切都过去了。等我有时间，一定陪你散步。"

铃声响了，马教授忙催促说："该上自习了，赶快回教室吧。" 朱湘怡走了，但又转身补充道："你要说话算数。""算数，一定算数。"马教授看着朱湘怡离去的背影，思绪万千。

9

小花园里，秋菊满园，百花盛开，蝴蝶飞舞，鸟语花香。有人在高声唱，有人在低声讲，北师大的校园里，好一派初秋的迷人景象！师生们三人一群两人一伙地漫步在那不算大的小花园里。

马教授和朱湘怡也加入在那散步的行列里，这让朱湘怡心花怒放。她像孩子似的问马教授这，问马教授那，生怕漏掉她想知道的每一个问题。

最后终于问到了她思考多日的一个疑问："马教授，我父亲说，你就像他的亲儿子一样，我怎么不知道？""以前在你们家没见过我是吗？""是呀。""那就对了，证明那时你还小，我们大人交谈，你一个小不点有理由在场吗？"

湘怡一听不服气了，"我小不点？我都是大三的学生了，还小哇！""那不是以前的事嘛，从 20 岁生日那天起，不才证明你是大人了吗？"

朱湘怡心服口服地忙点头："没错，今后你可不能再把我当成小不点了。"马教授"嗯"了一声，算是认可。

这时的花园里还多了另外2个人，那就是张文辉和王文婷。他俩以前没这么近乎的，自从在朱湘怡生日宴会那天，王文婷错拉了张文辉的手后，那根无形的线便像通了电似的连接起来了。开学这才几天那，他俩便经常出现在操场边，花园里。

今天马教授仍然穿着长袍，布鞋。朱湘怡穿着学生裙装。

师生两人装束显著，远远就被眼尖的张文辉看到了，他忙扯了下王文婷，示意她往花园对面看。王文婷看后问："怎么了？""没看见，马教授和朱湘怡在一起散步。"

王文婷满不在乎地说："那又怎么了，他俩散步不合适？""不是不合适，是意外，马教授那么正统的人，怎么会和女学生一起散步呢？尤其朱湘怡那高贵身份的女生，真是太让人难以置信了。"张文辉迷雾重重。

"朱湘怡生日宴会上你不是见过了嘛，马教授可不是朱家的一般客人。"张文辉不解地说："那又怎么样，就凭那次生日宴会，师生关系就变得那么亲密了？""不是亲密，是亲近。""亲近？成恋人了？""我打你！"

王文婷一边说着，一边抬手要打张文辉，吓得他忙抱头求饶："君子动口不动手，有话好好说嘛，干嘛打人呀。""就打你个糊涂虫，现在人家是兄妹了，你真不知道还是装不知道呀？""这是哪对哪呀，是捏造出来的谎言吧。""真的，朱湘怡亲口对我说的。"

"以前怎么没听她说过？""她也是从那次生日宴会后才知道的。""那马教授呢？""马教授当然早就知道了。""他与朱湘怡师生这几年，就一点都没透露过？""肯定没有，要不然，朱湘怡怎么会现在才知道呢。"

张文辉感叹地说："马教授隐瞒得真够深的。"王文婷也有同感："谁说不是。"

说着，他俩便与马教授碰了面："马教授好。"他俩很有礼貌地问候了一声。"你俩也在散步呀。""嗯。""散步归散步，不能占用温习功课的时间。""知道了，马教授。"

马教授过去后，王文婷不满地说："这个老学究，三句话不离本行！""怎么，这样不好吗？""我们都是大学生了，还把我们当三岁小孩子看。"

"我看你们女生挺尊重马教授的，你怎么是这种态度。"王文婷不认可地说："尊重归尊重，看法归看法，背地里我们女生都叫他老学究，老古板。""哈哈哈……你们真逗，还老古板，叫他老古董算了，那不更直接。""嘘……小声点。"

王文婷忙扭头看了看走过去的马教授，生怕他多长了双耳朵，听到他俩刚才说的话。

断定马教授听不到后，王文婷才又接着说："马教授真让人捉摸不透，看他登台唱歌的潇洒劲，赛过意大利王子。再看他平日的穿着，真老土，总是长袍，布鞋的，这都啥年代了。"

张文辉接上说："秦助教说他已是三个孩子的父亲了，

自然在穿戴上要老成一些。不过，我们男生谁都不信。""秦助教不会撒谎的。""我没说秦助教撒谎，我是说，他看上去那么年轻，哪像三个孩子的父亲呀。"

说完后，张文辉忙回头看马教授，好想再次审视一遍，他究竟像不像三个孩子的父亲。

看完后转过头来，悄悄地对王文婷说："文婷，你从背后看，马教授与朱湘怡像不像一对热恋中的情侣？"

王文婷回头看了看，说："又在胡说！我警告你，少在同学面前说这类的话，如发现你再出言不逊，我对你不客气！""我知道，不就是在你一个人面前说说嘛。"

10

自生日宴会后，朱湘怡的生活内容丰富了，人也变了。她开朗了，活泼了，自然也变得成熟了。

这是女性发育的一个跳跃过程，她敢于大胆接触男生，谈话坦荡大方，尤其对马教授的态度，明显有了新的改观。

她再也不怕见马教授了，每次都像小妹妹般无拘无束地出现在马教授面前。每当见到马教授，便会忘记家庭的约束而感到轻松。

她原先像是被关在笼子里的一只金丝鸟，被人宠爱，却没有自由。现在却像是一只活泼的布谷鸟，尽情地高声歌唱，忘我地展翅飞翔。

宽广的田野是她的温床，美丽的大自然是她的乐园。无际的高空是她的向往，五彩斑斓的世界，是伴随她成长的愿望。

周六，她高高兴兴告别了马教授，坐上父亲派来的专车回家了。

刚进朱府大院，便听到客厅里的谈笑声，她没理会，头也不回地向自己的院落走去，没想被父亲叫住了："湘怡，过来一下。"她只能转身来到客厅，只见客厅坐着一位年轻军官，坐姿端庄，腰板笔挺，标准的军人风度。

朱将军见湘怡进来忙介绍："湘怡，让我来介绍一下，这是张督军之子，张凯，你们认识一下。"

这时的张凯，面带微笑，清秀的脸上显出了几分虔诚，他见到朱湘怡，忙起身礼貌地问候一声："小姐好。"朱湘怡忙还礼："您好，请坐。""谢谢。"简单的对话显出了一个彬彬有礼，一个落落大方，真是天生的一对。朱将军看在眼里，喜在心上。

张凯坐定说："上次小姐生日时，本想向小姐借本书的，没想小姐多有不便，只好今日前来讨扰了，不好意思。"

朱湘怡忙道歉："那天我有点喝多了，真是对不起。我这里藏书不多，不知张……"她看了一眼父亲，她不知该怎样称呼来者。

将军领会，忙道："我和他父亲就像亲兄弟一样，不是外人，就称凯哥好了。"朱湘怡心想，哥哥是随便叫的吗？但碍于父亲的面子，只能答应。"噢，凯哥，您想借什么书呀？""《茶花女》，不知你这里有没有。""对不起，我这里还真没有这本书。""是这样。"张凯显得有些尴尬。

　　"不过没关系，我可以向我的同学或者老师借一下，他们那里肯定会有的。""那就有劳小姐了。"张凯礼貌地回应着。

　　这里正客气呢，朱将军发话了："哎，都不是外人，别小姐小姐地叫了，显得生分，就称她湘怡好了。""将军，这样称呼小姐不合适吧？""嗨！有什么不合适的，都是自家人。"

　　朱湘怡想，父亲越说越过分了，一会工夫成自家人了。但父亲已开尊口，怎好驳他老面子呢？只能勉强答应："随便吧。""就是嘛，我女儿都答应了，你还有什么说的。"

　　张凯听到此言，像吃了颗糖丸似的别提有多高兴了，忙答应："谢谢小姐，不，谢谢湘怡妹妹肯给我张凯面子。"朱湘怡微笑了一下表示回礼。

　　朱湘怡性格比以前开朗多了，但只表现在学校里，一旦回到家里仍被家庭氛围束缚着，让她陪客人她会感到拘束，不自在。尤其在张凯这样年轻的异性客人面前，她更感到坐立不安。

　　她忙向父亲告退："父亲，没事我回屋去了。"没等父亲答应，便又向张凯告辞："凯哥，您坐，您要的书我会尽快找的，找到就告知您。""那就先谢谢湘怡妹妹了。"

　　朱湘怡离开了客厅，速速回自己的屋里去了。她如释重负，深深地吸了一口气。

　　张凯等了她老半天才回来，本想借此机会好好聊聊，没想三言两语便结束了谈话，心中难免有些失落。

　　还好，初次见面，便得到了以兄妹相称的机会，这对他来说，也算没白来一趟，好酒不怕巷子深嘛，张凯带着小有收获的满足感，起身告辞了。

让朱湘怡称张凯哥哥，她一百个不情愿，她快快地躺在了床上。她那郁郁寡欢的样子，怎能逃过张妈的眼睛，张妈忙进来问："小姐，啥事让你闷闷不乐的？"

"没啥。"就是，有啥呢？就为叫人家一声哥哥就闷闷不乐？这也太小气了吧？心里虽这样排解着自己，但仍无法解除那郁闷的心情。

11

吃晚饭了，一直没见湘怡的身影，四姨太问："张妈，小姐怎么还不来吃饭？""我这就去她房看看。"一会回来了说："小姐说她今晚不吃饭了。""那怎么行，可能油腻的吃多了没食欲，让厨子另做一份清淡的给她送过去。""知道了，太太。"

张妈刚走，又被四姨太叫住了："算了，还是我亲自去问她吧。"张妈答应："也好。"

四姨太走了。朱将军忙对四姨太背影喊："看她是不是病了，如果病了赶快请医生。""知道了。"四姨太答应着去了女儿房间。

四姨太一进院门就喊上了："哎哟，是谁惹着我宝贝女儿了，连饭都不吃了。"进屋后，接着问："哪里不舒服了？要不要请医生？要不要让厨子单为你做一份你爱吃的？"

母亲那连珠炮似的问这问那，真让朱湘怡受不了，她迷惑地问四姨太："妈咪，今天我怎么感觉家里人都怪怪的？""怪怪的？你是说妈咪吗？""也不光是。""那还有谁，你父亲？""这个嘛……""到底啥事说，别吞吞吐吐的。"

"今天家里来了位不速之客，初次见面父亲就让我叫他哥哥，哥哥是随便叫的吗？""你是说张凯呀？""嗯。"

这正是四姨太想说还没来得及说的话题，她忙抓住时机说："你父亲让你叫人家张凯哥哥是对的，他父亲和你父亲是多年至交，像自家的亲兄弟一样。"

"我觉得那也不至于称呼得那么亲昵。"四姨太见自己的说辞解除不了女儿心中的不悦，只能将隐藏多年的秘密说给湘怡听。

"湘怡呀，你是不知道，这是咱家的一个秘密。""什么秘密呀？"湘怡不解地问。

"张督军不单是你父亲至交，还是你二娘的表哥呢。当年是张凯父亲从中撮合，把你二娘嫁到咱家的。""我怎么没听人说过？""这事呀，朱府没几个人知道，怎能传到你的耳朵里？"

"表亲就表亲呗，为啥要保密？""这是大人的事，与你孩子家无关，你知道这事就行了。"

"就这点事搞得神秘兮兮的，至于吗？"朱湘怡显然对此事不满而牢骚。

四姨太不厌其烦地又解释上了："按常理两家有这层关系，他应该常来咱家走走的，可他父子俩也是整天忙于军务，难得来咱家一趟。今天他又是第一次见你，又比你大 2 岁，让你叫人家哥哥哪里不对了。"

"我哪里知道有这层关系呀。""这回知道也不晚呀，就为这事心情不爽，连晚饭都不吃了？"朱湘怡笑了。"看你那点小心眼，比针鼻都小。好了，心结打开了，快去吃饭吧。"

说完又补充道；"要不要让厨子单给你另做点你爱吃的？""不用，谢谢妈咪。""那走吧。"四姨太的几句话，解除了朱湘怡的胡思乱想，她高高兴兴地跟四姨太去了餐厅。

晚上，朱将军躺在床上问四姨太："今晚那宝贝女儿为什么不吃饭？"四姨太有点生气："为什么不吃饭，这要问你呀？""我怎么了？""还不是你让她叫张凯哥哥的事。"

"那又怎么了？""是没怎么了，现在姑娘大了，你冷不丁地让她认哥哥，那么亲热的称呼，她自然猜疑你别有用心了。"

"原来她是为这事不肯吃饭的呀，是我的错，事先没考虑周到。男人嘛，心粗，哪想到你们女人那么多鬼心眼，蛛丝马迹的现象都能觉察出来。那你快告诉我，你用什么花言巧语哄得她又肯吃饭了？"

"还不是把二娘的亲戚关系告诉她了，她这才解开谜团肯吃饭了。""还是你有办法。"朱将军忙夸奖四姨太。

可四姨太却顾虑重重地说："我看呀，他俩的事不是咱俩想象的那么简单，还得慢慢来。"

朱将军感慨地说："是得慢慢来，我看湘怡这孩子在这方面还没开窍呢。不过张凯的确是个好后生，又是亲上加亲，真是打着灯笼都难找的好亲戚，两家成不了亲家真是可惜了。"

四姨太接话："我担心湘怡这孩子一旦开窍，怕她心太高了。还好，既然湘怡知道了和张凯这层关系就没有什么顾忌了，以后接触的多了，她会对张凯产生感情的，到那时就水到渠成好说话了。""嗯，但愿如此吧。"

四姨太突然想起了什么，忙问将军："对了，你为什么要隐瞒张督军是二娘表哥的事？""哪是我想隐瞒，是张督军不让暴露的。""为什么？""说我俩是同僚，让他人知道这层关系，在公务上多有不便，谁知道他葫芦里卖的什么药。别管那么多了，睡觉睡觉。"他一把将四姨太拉倒在怀里，关了灯。

12

朱湘怡来到马教授宿舍，一进门就到书架前翻找。马教授问："你在找啥呀。""我找一本书,不知你这里有没有？""啥书？""《茶花女》。"马教授很感意外，朱湘怡平时除了功课方面的书，她是从不乱看书的。今天这是怎么了？

马教授不解地问："你今天怎么想起看这本书了？"朱湘怡不在意地说："不是我看，是凯哥要看的。""凯哥？"马教授对朱湘怡的人际关系了如指掌，何曾有位凯哥呀。马教授心生疑窦。

"凯哥是谁呀？"她想了想说："不是亲的，又近似亲的那种哥哥。""你啥时候多了这么个哥哥？"

"我也是昨天才知道的。""昨天？""是呀，听妈咪说，他是我二娘表哥家的儿子，他叫张凯，昨天他来我家，父亲就让我叫他凯哥了。"

朱湘怡一面找书一面埋怨着："你这里到底有没有那本书呀，"马教授没有回答她的话，对这位哥哥马教授很关注："他是干什么的？""他是位少校军官，人很帅。""军人看这书？"马教授的话里自然带出了轻薄他人的醋意。

朱湘怡没有觉察，随便说了句："军人就不能看这书了？算了，看样子你这里是找不到了，再向别人借吧。"说着便动身要走。

马教授忙说："不用向别人借，《茶花女》我可以给你们讲述全部。""你看过这本书？""当然看过。""哎呀，这太好了，你可以先讲给我听吗？""可以，只是今天不行，改天吧。"

朱湘怡高兴之余还忘不了对张凯的承诺："我可以听你讲，那凯哥的问题怎么解决呀？""我可以讲给你俩听呀。"马教授的爽快让朱湘怡意想不到，真是太高兴了。

她立马拍板，星期天去她家讲《茶花女》。这顺其自然的决定，正中马教授下怀，他要借此机会看一看这位凯哥究竟啥魅力使得朱湘怡对他这般殷勤。

朱湘怡房间的小客厅里，双人沙发上坐着张凯和朱湘怡，两人正聊得开心，马教授进来了，两人礼貌地赶紧起身让座。"不客气，你们坐，你们坐。"马教授客气地说着。

朱湘怡将马教授让到双人沙发上与张凯坐在一起，她坐在旁边的单人沙发上。

今天朱湘怡穿了一件粉色淡花长裙，显得随意大方，张凯仍然穿军装。马教授的穿着与以往不同，一不穿长袍、布鞋，二不穿西装。今天他穿了一套平展的中山装，一副新学派的知识分子模样。

这时的马教授，揣摩着每个人的心理，看朱湘怡穿着随意，与平常没什么两样。

张凯，只见他身材修长，五官端庄，清秀英俊，眉宇间透着一股干练的军人气质。这初次见面，马教授竟意外地对张凯产生了几分好感。

张妈把香茶送过来嘱咐说："老爷说，你们先聊，一会一起吃饭。""知道了，你忙去吧。"朱湘怡赶紧打发张妈走，她迫不及待地想听马教授讲《茶花女》。

马教授不慌不忙地端起杯子喝了一口茶，便开始讲《茶花女》，一开讲便显出了讲师的习惯，开门见山地提出了一个问题考在场的二位："你们知道《茶花女》讲的是一个什么样的故事吗？""不知道。"朱湘怡抢先回答。

"你呢，你知道多少？"马教授问张凯。

张凯很谦虚地回答："只知道《茶花女》是世界上一部具有影响力的爱情小说，具体故事内容，还要马教授讲了才能知道。""嗯，没错。"马教授又喝了一口茶。

"原来是一部爱情小说呀，怪不得马教授说不适合你看呢。"朱湘怡对张凯说，张凯笑了笑没说什么。马教授没接朱湘怡的话茬，直接讲故事。

"《茶花女》是法国著名的小说家、戏剧家小仲马，创作的，是19世纪闻名于世的一部爱情小说。他的父亲是以多产闻名于世的杰出作家大仲马。"

"这名字好奇怪，大仲马，小仲马，像兄弟排名似的，哪像父子呀。"朱湘怡好奇的发表着个人的看法。

"是呀，这是小仲马母亲的用心良苦，因为小仲马是大仲马的私生子，为唤起大仲马的良知才取名小仲马的。"

朱湘怡不由得"噢。"了一声，深感自己的知识浅薄，张凯却由此佩服这位刚见面的马教授。

马教授接着说："故事要从1844年9月开始讲起，小仲马与巴黎名妓玛丽·杜普莱西一见钟情。玛丽出身贫苦，流落巴黎，被逼为娼。她珍重与小仲马的真挚爱情，但为了维持生计，仍得同阔佬们保持关系。"

马教授讲到这里，看了下他俩的情绪，见仍在认真地听他讲，便又继续讲下去。

"小仲马一气之下写了绝交信出国旅行。到1847年小仲马回国，得知只有23岁的玛丽已经不在人世，她病重时，昔日的追求者都弃她而去，死后送葬只有两个人！

她的遗物拍卖后还清了债务，余款给了她一个穷苦的外甥女，但条件是继承人永远不得来巴黎！"

故事刚讲了个开头朱湘怡便深受感动："小仲马与玛丽·杜普莱西一见钟情。多好的开端，可惜小仲马后来抛弃了玛丽·杜普莱西，造成了悲剧，玛丽·杜普莱西的命运太悲惨了。"

　　马教授继续讲："就因为小仲马的绝交离去，使玛丽年轻早逝，现实生活的悲剧深深地震撼了小仲马，他满怀悔恨与思念，将自己囚禁于郊外，闭门谢客，开始了创作之路。一年后，这本凝聚着永恒爱情的《茶花女》问世了。此时，小仲马年仅24岁。"

　　张凯也深为感动，说出了自己的感慨："小仲马能通过现实得到感悟，理解了人生，年仅24岁便创作出举世无双的名著《茶花女》，以此告诫后人，令人佩服。"张凯的一阵感叹，颇有见地。

　　这时张妈来告："老爷让你们去餐厅用餐了。"朱湘怡正听得入神忙道："不去不去，等听完故事再去吃饭。"

　　"湘怡，还是听张妈的先去吃饭吧，要不然将军大人会生气的。"张凯的劝说，丝毫动摇不了朱湘怡，她仍坚持着继续听故事。

　　马教授忙打圆场："你的凯哥说得对，还是先去吃饭，故事长着呢，一会半会讲不完的，以后慢慢讲给你们听。"

　　"真的？以后继续来我家给我们讲？""一言既出，驷马难追。""好，好，有您这句话，吃饭去！"

　　还是马教授的话管用，张凯对这位学识渊博，尊严如父的马教授产生了深深的敬意。

13

偌大的餐厅里，几组荷花吊灯使得整个餐厅光线明亮而柔和。十几人的大型长条餐桌上铺着洁白的桌布，全套的景德镇瓷器耀眼夺目，豪华的餐厅装饰考究。

男女侍从们来来往往忙而有序，显出了主人家的豪华气派和严厉规矩。桌上摆满了琳琅满目的菜肴，香气四溢，充满了整个餐厅。

朱将军今天特别高兴，今日来了亲如儿子的马玉涵，还来了他心目中未来的乘龙快婿——张凯。这两位座上客都是朱府的稀客、贵客。

尤其看到宝贝女儿那喜不自禁的高兴劲，朱将军心里比吃了蜜都甜。就座后，侍从忙过来斟酒，朱将军发话："你给我听好了，今天要把每个人的酒杯都斟得满满的，哪一位也不准例外。"

言外之意侍从们自然明白："是，老爷。"侍从一一斟酒。当侍从来到朱湘怡跟前斟酒时，她急了："不要不要，我可不敢喝辣酒。"

夫人和几位太太们经常陪将军喝酒，自然没问题。可朱湘怡在这之前多数是在自己屋里吃小灶，很少与家人一起来餐厅吃饭，更别说陪客人喝酒了。今天能与家人一起陪客人吃饭本就是破例了，喝辣酒怎么可以呢。

但朱将军不管这些，命令般地说："今天的这杯酒必须得喝,这是中国人的待客之礼。你看,今天不但全家人都到齐了,还多了你邀请的两位稀客,难道你还有理由拒绝吗?"

在场的姨娘们逗趣般地嚷嚷开了:"没事的,喝吧,喝吧。锻炼几次就好了。朱府的小姐不会喝酒,将来怎么嫁人。"

好像朱府的女人不会喝酒就嫁不出去似的。

在大伙的"攻击"下,朱湘怡为难起来:"我……我……我喝辣酒会醉的。"

张凯见到此情,委实心中不忍,忙替她求情:"将军大人,湘怡妹妹既然不能喝辣酒就不要勉强了吧,要不就给她换一杯甜酒吧?"

张凯的提议,是他的心里话,他的确心疼朱湘怡,他在湘怡面前,如同一位护花使者,时时刻刻都想保护她。今天张凯真的怕她喝醉了,怜香惜玉的念头,不觉在年轻的张凯身上体现出来。

朱将军看到张凯这般疼爱湘怡,心里有说不出的高兴,将来湘怡跟了这样体贴入微的丈夫,定是她一生的幸福。

朱将军虽然心里这么想,但在这种场合下,他要显出将军的尊严,郑重地说:"那怎么行!辣酒才是真正待客的礼数,不喝是对客人的不尊重。"几句话既不失将军的尊严,又显出了主人的好客大方。

张凯见将军如此说,知他在乎面子,忙说:"将军大人,恕我无礼,这杯辣酒让我替湘怡妹妹喝了吧。"他走过去,拿起酒杯一饮而尽。"好!"张凯的举动,引来一阵喝彩。

将军得意:"好,再满上!"朱湘怡可为难了,不能老让张凯替她喝酒呀，凭父亲的酒量，这样赔下去，张凯会醉的。

她忙将求助的眼神转向了马教授，马教授太了解她了，虽然她自小就生活在这豪门府第里。可她单纯得像一杯白开水，娇嫩得如同温室里的花朵，灯红酒绿的场合会像霜露般将她打蔫。

马教授忙替她解围："将军大人，不要斟白酒了。少校说得对，就换杯甜酒吧，如果今晚湘怡为陪我俩喝醉了，我俩也不落忍呀。再说了，我俩又不是外人嘛。"

四姨太忙借题发挥："是呀是呀，玉涵说得对，他俩又不是外人。老爷，那就换杯甜酒吧。"

朱湘怡也不失良机接上话茬："谢谢妈咪，还是妈咪心疼我。"朱湘怡的话，显然是说给朱将军听的。将军想，我倒成了不知心疼女儿的人了。

朱将军这时不就坡下驴还等何时？忙道："那就换杯甜的？"

这时的姨太太们也见风使舵的可劲嚷嚷开了："换甜的，换甜的，赶紧换甜的。"朱将军看到眼前这些姨太太们，轻轻地摇头说："你们这些女人那！就是那墙头上面的草。"虽然嘴上这么说，心里还是蛮高兴的。

朱湘怡由白酒换成了甜酒，她那紧张的心情总算放松了下来。她从心里感激马教授，忙主动举杯敬马教授。

马教授的几句话，既给了张凯面子，又给了朱将军台阶，更重要的是解了朱湘怡的重围，真是一举三得，换得满堂彩。

大伙在欢乐愉快的气氛中，一起吃了一顿丰盛的晚餐，然后，马教授先告辞了。

饭后张凯要去看二姨太，是他父亲吩咐让他去看表姑的，今后还不得借看表姑的理由常来朱府吗？这自然是张督军的苦心，张凯自然也心知肚明。

14

二姨太吃完饭，便和往常一样不动声色地离开了餐厅，但今天她的心情却和往日不同，高兴、激动、盼望、担心，一起涌上心头。

高兴的是：自她进朱府以来，难得像今天全家这么多人热闹地在一起吃饭。尤其是张凯的到来，更使她激动万分，她盼望着张凯能到她房间里看她。

担心的是：他能来吗？上次来朱府不就没来她屋里吗？此时她心里像是吊了十五只吊桶，七上八下的难以平复。

她一人默默地回到了那空洞洞的房间里，一进门先进入了禅房，这是唯一能安慰她的地方，她跪在蒲团上，轻轻敲起木鱼，全神贯注地诵起经文来。只有这样，才能减轻她那焦虑的心情。

"表姑在屋吗？"这是张凯在问，二姨太立时心跳加快，激动地念了声："阿弥陀佛！"她赶紧从蒲团上站了起来，忙回答："在！在！快进来！"

张凯进了二姨太房间，二姨太忙上前抓住了张凯的手，像是不抓住，就会跑掉一样。她带着颤抖的声音问：“凯呀，表姑真想你，你第一次来表姑家才两岁，这二十年过去了，你还记得表姑吗？”

张凯忙点头说：“模模糊糊记得。”“真好，你长这么大，这是第二次到表姑房里来。上次来朱府为什么不来看表姑呀？”“上次太晚了，怕影响表姑休息就没过来，表姑没生气吧？”“没，没生气。”

二姨太这么说是为了掩盖内心的痛苦，张凯哪里知道，二姨太盼望见到他，盼望了多少年，没想那天，近在咫尺却没能见到他的面。为此，二姨太哭了大半夜。这些，张凯哪里知道呀。

二姨太不愿意暴露心中的酸痛，生怕自己的情绪影响了张凯的心情。二姨太想对他说的话太多了，她忙热情地让张凯坐下来，她也缓了下神，才开始叙谈。

“凯啊，你想过表姑吗？”还没等张凯回答，二姨太忙接着说：“表姑可是天天都在想你呀。你是表姑娘家最亲的人了，你知道吗？”她说得是那样的真诚、动情，眼里已含上了泪花。

张凯原本对这位表姑没有多深的印象，只记得小时候跟父亲来过表姑房里一次，那时还小，印象中很模糊。今日表姑的几句话，让他感觉既温馨又温暖，他不由得感到表姑很亲近，但也感到表姑很可怜。

表姑嫁到朱府做二房，如能生个一男半女，也就有了依靠，也就有了陪她说话的人了，可就因为她肚子不争气，将军又娶了三姨太，四姨太。

在朱府，大夫人仗着娘家豪门，将军也得给她几分面子，按时去她屋里走走。四姨太是戏子出身，身价虽低贱，可唯独她奇迹般生了湘怡这如花似玉的宝贝女儿，身价自然倍增。她在朱府那可是一人之下，全家人之上的主。

表姑就没有四姨太幸运了，她和三姨太一样，在朱府没什么地位，表姑就倚仗表哥与朱将军兄弟般交情，才能安度在朱府大院里，可孤灯伴清影却是家常便饭，这种寂寞孤独的日子，也真够难熬的了。

今日张凯来朱府她真是喜出望外，她盼望张凯能来她房里，她要好好看一看足有二十年没见的张凯。她有满肚子的话要给张凯说，可张凯却因看到了表姑的处境而感到伤感。

他问二姨太："表姑，你在这里生活得好吗？"二姨太的回答出乎他的预料："很好，不缺吃不缺穿的。将军从不挑剔我什么，很自在，只是想念你。"

表姑没有说想念家人，只说想念他。张凯没想到表姑会这样回答，看来表姑是一位很善于宽慰自己的人。要没有这宽宏的心态，在这深似皇宫的将军府里，怎能活得下去？

张凯看到了套房里摆的香案，得知表姑在吃斋念佛，张凯深知，这是她精神安慰的一种寄托。

张凯很同情表姑，又因做晚辈的不便说什么，只能安慰表姑说："谢谢表姑想念着我，如表姑想念家里人就常回家看看，表姑若不嫌我烦，今后我就常来看您。"

张凯的这句话，让二姨太像吃了蜜一样甜，她急忙回答："好好，你要能常来看我，表姑求之不得。"此时二姨太的高兴心情难以言表。

不觉叙谈了一个多小时，张凯告辞了，二姨太一直送到大门外，望着张凯恋恋不舍。此时，那翻江倒海的辛酸往事一起涌向了心头：

客厅里，八仙桌两旁的椅子上坐着一位严肃的老爷和一位性情温柔的老夫人。他们面前跪着一位小姐，她正在苦苦哀求着："爹，娘，我不嫁！"

老爷满脸气恼："不嫁！这是由你说了算的？！父母之命，媒妁之言，这是历来的规矩。二十八岁的老姑娘了还赖在家里不嫁人，你不怕人笑话，我们还嫌丢人呢！"

母亲见女儿满脸泪痕地跪在那里哀求，当娘的心里像扎上了一把刀，她忙替女儿求情："老爷，既然女儿不愿意嫁，我看就算了吧。"

"那怎么行！自古以来，女人到了一定年龄，就得嫁人。几次上门提亲都被她拒绝，不亮出家规来，她竟无法无天！这门亲事就这么定了，不能更改！"

老夫人见说动不了老爷，只有再宽慰女儿："蓉蓉，听你父亲的吧，听说朱将军人不错，家境又好，只因朱夫人不能生养才娶二房的，你都这个年龄了，怎能和十八的妙龄少女比呢？你表哥与朱将军兄弟般交情，由他出面保媒，不看僧面看佛面，朱将军也不会慢待你的。"

小姐见母亲都说服不了父亲，她再跪下去也没用，她含泪起身跑出了客厅。既然父亲如此狠心，她默默地发誓，嫁到朱家后，再也不回娘家。她认命了，她就是前世的王宝钏，从此与娘家人恩断义绝！

15

这天，也是让二姨太激动的日子，她的房里多了一位男人，是让她爱到永远的男人，也是让她恨到永远的男人，那就是他的表哥——张督军。

她和张督军是发小的表兄妹玩伴，她爱张督军，她守候这份爱几十年如一日，直到张督军娶了妻，她仍坚守如玉，不肯嫁人。

父亲的逼嫁，让她进了朱府，成了将军的二姨太。这便让她心灰意冷，但她身在曹营心在汉，她的心里，仍守候着对表哥的那份爱。今天表哥的到来，让她激动，表哥的拥抱让她想起了当年。

那还是她出嫁的前一天，表哥拥着她泣不成声："表妹，我对不起你，我没有权力决定自己的婚姻。我反抗过，绝食过，都没有用，我只能认命，只是对不起你。"

表哥的眼泪让她产生了对表哥的理解与原谅，是呀，这不是他能决定的事情。自己曾想为表哥坚守终身，不是也不能吗？

但是，她也恨表哥，恨表哥让她母子俩至今不能相认。甚至分别二十二年，母子俩只见过两次面，这对一位母亲是何等的残忍！二十二年的往事立时出现在眼前。

一个小姐闺房里，传出了一女子痛苦的呻吟声。年长的老佣人王妈着急地说："小姐忍着点，千万不要把动静闹大了，惊动了老爷那边就不得了了。"这时的待产孕妇哪里还顾得了这些，那撕心裂肺的喊叫声，一声高过一声，把下人们紧张得手忙脚乱。

门外一年轻人正在着急地来回踱着步，他想进去看一下，被老佣人推了出去："去去去，男人不能进来。"

随着一声惨叫，一个胖婴儿呱呱坠地。王妈附耳告诉产妇："小姐，是个男孩。"产妇稳了下神问："他来了吗？""嗯，在门外呢。"产妇发出微弱的声音说："让他进来。""这……""让他进来吧。"

王妈把门外的年轻人领进来，年轻人向她道了一声谢，便三步并作两步来到床前，他坐在床边拉住产妇的手，内疚地说："表妹，让你受苦了，都是我不好。""表哥……"分娩的痛苦没让她流泪，眼前年轻人的几句话，却让她忍不住地流下泪来，年轻人紧握着产妇的手不知所措。

王妈忙提醒他俩："你俩先不要你你我我了，看这新生婴儿该怎么办。""王妈，请你把孩子收拾好，帮我送出府门，我自有办法。"产妇听到此话，猛地一惊问："表哥，你要把孩子怎么样？""我要把孩子抱回我家。""不！表哥，不可以！"

产妇将婴儿紧抱在怀里，生怕被人夺走。她颤抖着说："表哥，我已失去了你，不能再失去这孩子了，就把这唯一的爱留给我吧。有他在我身边，就如同你伴随在我身边一样。让我守候着这份爱，度过余生吧。"说着呜呜地哭起来。

年轻人着急地忙解释："表妹，我何尝不想让孩子留下来陪你，不行啊，如让老爷知道了这孩子，他会没命的。"

王妈也紧接上话茬劝小姐："是呀小姐，老爷一向家规严厉，怎能容得下这孩子？"

"可我怎舍得，让一个还没吃到一口奶的孩子，便离开了亲娘。"

"表妹你放心，我会请奶妈，会加倍疼爱他，绝不会让咱们的孩子受到半点委屈。"

突然外面有人喊："王妈，老爷吩咐让你过去。""噢，知道了。"王妈忙嘱咐二位道："小姐莫哭，表少爷且稳住，一切事情等我回来再说"。

她疾步来到堂屋，见到老爷忙问："老爷，有啥事吩咐。""王妈，小姐那边院里出啥事了，下人们出出进进的忙什么呢？！"

听此话，王妈立时吓出了一身冷汗。好在她是这家里的老佣人了，练就了善于应对的能力，忙谎言解释："噢，是小姐不留神受了风寒，我让小的们去厨子那里取些红糖烧姜汤水，服侍小姐发汗呢。"

老夫人担心地问："严重吗？严重就赶紧请郎中，别耽搁了病情。""回老夫人话，没什么大碍，只是小姐从不得病，一时病了，下人们便慌了神，静心调养几天就会好的。"

"嗯，那就有劳王妈了，既然受了风寒，就让厨子多做些汤类补品，这样会康复得快些。""知道了，夫人。"

"一会我过去看看。"王妈一听这话更吓坏了，表少爷和孩子还都在小姐屋里没离开呢。

忙说："老夫人不着急，小姐这时正在蒙头发汗呢，等发完了汗，我再请老夫人过去也不迟。"

"那也好，赶快回去服侍小姐吧。""是。"王妈赶紧马不停蹄地回到了小姐房里来。

只见表少爷紧搂着小姐和怀中的婴儿哭泣，王妈忙催促："一会老夫人要来，表少爷和孩子得赶快离开。""不！"小姐仍舍不得放走孩子。

表少爷"扑通"一声跪在了小姐面前："表妹，孩子被发现会没命的，表哥求你了，让我把孩子带走吧。"

"表哥别这样，快起来呀。"年轻人没有起来，仍然跪在那里苦苦哀求。

王妈急得团团转也想不出更好的办法，只能再次劝小姐："小姐，表夫人为人贤惠，张家不会亏待小少爷的。为了这个无辜的小生命，只有让表少爷抱走才是万全之策。"

事已至此，再无办法，只能听王妈安排了。孩子收拾停当，王妈将表少爷和孩子偷偷从后门送走了。

为了保住孩子的身世和表妹的名声，表哥只能对家人说是外面拾来的弃婴。表妹蓉蓉——孩子的亲生母亲，将永远成了孩子的表姑！

二十多年过去了，可思念孩子的二姨太，哪天不是在刀刃上倍受煎熬！当那天见到一表人才的儿子就在老爷的房子里时，她多么想冲进去搂住儿子大哭一顿。

可她忍住了，静静地坐在自己的房里没能踏出房门半步。近在咫尺却不能相认时，二姨太的心都碎了！

张督军自然知道这一切，为了怕引起两人的伤痛，张督军也就很少来朱府，他知道这对表妹是残酷的。每次见到表妹，他都是揪心的疼。

每次他从朱府回家，几天都沉浸在痛苦之中。

今天，张督军为了儿子的幸福，不得不忍痛踏入表妹的门槛，他不能让爱情悲剧在儿子身上重演，张督军恳求二姨太："表妹，咱俩的爱情让父母给扼杀了，咱们儿子的爱情，我们一定要帮他得到！"

16

二姨太房里这几天热闹了，出出进进不断人，这不，朱将军也抽空进二姨太房里来了。他一进门便笑呵呵地说："怎么，在大舅哥面前告我状了？"

"老爷您请坐，表哥那张爱开玩笑的嘴你又不是不知道，他又在你面前瞎扯什么了？""没瞎扯，他只问了我一个问题。""他问你什么了？""他问我，一年我来你房里几次？""你咋回答他的呀？"

"我真羞不堪言呀，蓉蓉，对不起，因为你性情温顺，从不为这事争风吃醋，不像那几个，整天为这些事吵得我头都痛了。"

二姨太心想，争风吃醋？我能争得过他们吗？但嘴上还是说："我又不能为老爷做什么，只要不难为老爷就好。""还是蓉蓉体谅我，难得你能这么宽宏大量。"

朱将军想，她要也和三姨太、四姨太那样，还不得把我这把老骨头整垮了。

不过，张督军的话，让朱将军也感觉到冷落了二姨太而过意不去，便内疚地说："蓉蓉，从今天起，我绝不会像以前那样，会常来你房里走走。"

"只来我房里走走？""噢，这不是我的口头禅嘛。这里面的意思你懂，你就别给我咬文嚼字了，我哪有你肚子里的墨水多。"二姨太含蓄地笑了。

朱将军慢慢喝了口茶，思忖了一回才说："今天我来，有一件重要事要给你说。""什么重要事，像是很神秘似的。"将军又停了一回，有点难为情地把话说出来："有一事必须要你帮忙。"

二姨太一时还真猜不出将军要她帮啥忙呢，忙说："老爷神通广大，啥事解决不了，还用得着我来帮忙？"

朱将军见二姨太糊涂着呢，便开门见山地直说了："蓉蓉，上次咱们全家一起吃饭，就是玉涵和张凯都在的那次，你没忘吧？""记得。""你没看出来？""看出什么来？""张凯和湘怡呀，你看，他俩是多好的一对呀。"

二姨太真没想到，朱将军竟和表哥不约而同地想到一块了，真是珠联璧合，太难得了。

想到表哥的意愿，二姨太忙趁机加劲："是呀，我看凯和湘怡，那可是天生的一对，地造的一双。既然老爷也这么认为，真是太好了。只是不知四姨太啥想法？""老四？没问题！"

将军口气毫无质疑，二姨太便说："那还要我帮什么忙呀。"朱将军道："你想呀……"二姨太像是领悟了，忙插话："噢，是不是想让表哥来府上提亲呀？"

见朱将军不吭声，便补充说："这有啥难，老爷不便开口，我出面让表哥来提亲就是了。"

这件事，二姨太本认为，将军和高高在上的四姨太会让她费些口舌，没想将军竟自动找上门来了，这可真让二姨太没有想到。

朱将军听后，没立时说话，片刻，他有点忧心忡忡地说："关键不在我们大人，而是怕湘怡，我们摸不透她的心思。""怎么，你担心湘怡会有问题？"朱将军点了点头。

这又一次让二姨太没有想到，但她还是说着宽慰将军的话："凯是多好的孩子呀，不但人长得帅，年轻有为，前途无量，还会疼人儿。像凯这样会疼人的男人，哪个女孩子不动心呀。"

是呀，朱将军想起了当日吃饭的情景："将军大人，湘怡妹妹既然不能喝辣酒就不要勉强了吧，要不就给她换一杯甜酒吧？""恕我无礼，这杯酒我替湘怡妹妹喝了吧……"

张凯体贴湘怡是发自内心的，朱将军也被张凯感动了。如果女儿能嫁给这样一位体贴入微的丈夫，他也就放心了。

可想起那次让她称张凯哥哥时，她竟连晚饭都不吃了。朱将军想起此事心里就打鼓，生怕错点了鸳鸯谱委屈了女儿，毕竟朱家就她这么个宝贝疙瘩。

可他做父亲的又不好直接去问女儿，四姨太虽然是她亲妈，但他知道，女儿并不看重她，嫌她没文化没修养。大太太有身价，有教养。置身朱府女眷之首，湘怡对她是敬而远之。

唯独能和湘怡谈得来的就是二姨太蓉蓉了，她知书达理，曾跟家兄们读过私塾，念过四书五经，为人宽厚和善。最重要的一点她是张凯的表姑，由她出面关心此事，是最好的人选了。

二姨太看将军忧心忡忡，试探地问："老爷的意思是？""我是想，你俩的性情相近，能谈得来，你多找她聊聊，看她是啥心思。如果她真的喜欢张凯，我可就一百个放心了，立马让大舅哥来府上提亲。如果她不是咱想的那样，就别提了，省得难为她。"

"噢，老爷是担心湘怡不喜欢张凯呀？怎么会呢，没问题，我找湘怡聊。""那就拜托了。""看，老爷和我还用得着客气。"

二姨太深深地被朱将军感动，他身为将军，娶了四房姨太，从没忧虑过，可今天竟然为了女儿的婚姻，放下尊严求她帮忙。作为父母，无论职务多高，威望再大，都会不惜一切代价，去为自己孩子的幸福而付出一切的。将军如此，表哥也是如此。

这两位父亲的举动让二姨太深受感动，也使她深感惭愧，她作为母亲，二十多年来，她为儿子付出多少呢？她感到内疚。

她不知道两家孩子的爱情能发展成怎样的结果，但她暗暗许下诺言，一定要为儿子的爱情不惜一切去努力，让儿子终生幸福，来弥补自己爱情的缺憾。

17

星期天，二姨太知道湘怡没出门，便向湘怡院落走来，刚进院门便碰到张妈："二姨太好。""好，小姐在吗？""在，在，快进去吧。"

二姨太轻手轻脚进了门，她不想让湘怡知道她的到来，她想偷偷地看湘怡在干什么，只见她正坐在书桌前背对着门画画呢。她画得是那样的认真，全神贯注，以致二姨太来到她身后她都没发现。

她画的是人物肖像，已经画好了，但她还不满意，又在上面仔细地修改，她那一丝不苟的认真劲，足以证明画像本人在她心目中的位置。二姨太非常欣慰，因为湘怡是在画张凯。

二姨太情不自禁地脱口而出："画得太好了，太像了！"这一句夸奖不打紧，竟使湘怡吓得"啊呀"一声，把画夹失落在地上。二姨太自觉太冒失了，忘记了湘怡自小就是文静胆小的孩子，她忙道歉："对不起，湘怡，我吓着你了，是吗？"

这时朱湘怡看清了是二姨太，忙说："是二娘来了，你吓死我了，二娘快请坐。"朱湘怡赶紧起身让座。二姨太替湘怡把画夹从地上拾起来，观赏着说："你看，本来凯长的就帅气，让你这一画呀，更帅气了！"

"二娘过奖了，我怎么觉着还是没画出他那潇洒劲来呢？""我们家凯真的有你想像的那么好吗？不会是情人眼里出西施吧？""啊，二娘坏！二娘坏！""别不好意思嘛，二娘又不是外人，说说心里话无妨。”

湘怡看二姨太那认真劲，生怕惹起事端忙解释：“二娘，不是你想的那样，他是我哥呀，我自小无兄妹，上天却赐给我两个哥哥，我多幸福呀。你看，我也给这位哥哥画了一张呢。”

说着便拉开抽屉拿出了马教授的画像来。两张画像摆在了一起，一个成熟潇洒，一个威武帅气。两者各有各的风度与魅力，两者无法比高低。

二姨太拿起马教授的画像，只见笔功更加细腻娴熟，画像在二姨太手中不由得微微颤抖，对马教授画像，她不知道应该怎样举起放下。

她回想起那天晚宴上，一个求情在先，一个救驾在后。

但湘怡对马教授救驾之情，显然超出了张凯数倍，她看马教授的眼神和看张凯的眼神不一样。一个是热情有加，一个是含情脉脉，这只有曾感受到真正爱情的人才能看得出来。

二姨太不由得倒吸了一口凉气，既生瑜何生亮啊！怪不得将军对湘怡有所顾虑与担心，看来将军的担心还是有道理的。

二姨太酝酿了满肚子的话，竟连一个字也没说出来，没想到的节外生枝，使她难以应对。她满怀信心而来，却落得个失落而归。

她应付了几句便走出了湘怡的房间，迎面又碰到了张妈：“怎么不再聊会了，这就走啊。”“是的。”

张妈进屋看湘怡正在满意地欣赏自己亲手画的那两张画像呢。便问：“小姐，你对二姨太没说啥错话吧？”“没有哇，怎么了？"

"也没什么，刚才看她快快离去，有点不快活的样子。""噢，刚才她说诵经的时间过了，得赶紧给菩萨上香去呢。""噢，是为这呀。"

二姨太回到自己的屋里，直接进了禅房，她跪在菩萨面前，流着泪轻声地祷告起来。她虔诚地祷告菩萨赐予儿子真挚的爱情、美满的婚姻，幸福的家庭。祷告完后，她满脸泪痕走出禅房，发现将军坐在客厅里。

"啥时候来的，怎么也不吭一声。""来一会了，看你在诵经，便没打扰。""怎么满脸泪痕，又在菩萨面前替谁赎罪呢？"

"没有，是求菩萨保佑两个孩子早日实现美满的婚姻呢。""看你流着泪向菩萨祷告，虔诚有加，菩萨一定会保佑他们的。""是的，菩萨一定会保佑他俩的。"

二姨太一边说着一边给将军冲上茶："老爷喝茶。"朱将军品了口茶说："老四说看到你去了湘怡那边，便催我过来问一下。情况怎么样？"

二姨太慢慢坐下来，思忖着应该怎样回答将军的问话，是把观察到的全盘托出？还是先暂时隐瞒？将军见二姨太不作声，心中忐忑，有预感似地问："湘怡不同意，是吗？"

二姨太看到了将军的焦虑不安，将军从来都是呼风得风、呼雨得雨的人物，啥事让他这样揪过心？这真是可怜天下父母心呀。

为了宽慰将军，她决定暂时隐瞒："第一次去怎好问呢，你猜猜，我看到湘怡在干啥？""干啥？快说。""看把你急的，"

二姨太也品了口茶接着说："她正在画画呢。"

"画画有啥稀罕，她平时就喜欢画画。""这次可与以往不一样，她在画肖像，画的是张凯！你不知道她是多么的认真，我走到她身后都没发现呢。"

"是吗？我看有门！"将军的表情立时舒展开来。二姨太补充了一句："不过，她也给马教授画了一张。"

二姨太说这话，是想看将军对此有啥反应。"那是应当的，玉涵既是她的哥哥，又是她的老师。在情理之中，在情理之中。"二姨太看将军对此满不在乎的样子，心想，她的心思真是如此？难道我真猜错了吗？

朱将军是个粗枝大叶的人，听完二姨太的讲述，便没再细问，高兴地去四姨太那边"汇报情况"去了。

二姨太的眼泪又不知不觉地流了下来，她是在替儿子担心，生怕那甜蜜的爱情会变成一杯难咽的苦酒。

18

校园门口，一位年轻潇洒的军官在慢慢地来回踱着步，他像是在等人，他不时地往教学楼里张望着。终于看到教学楼里走出了成群的学生。他忙走近花围栏，往人群里寻找着。

来了，她来了！他那焦急的心立时激动起来，他忙举起手臂喊起来："湘怡——"

三位走出教学楼的女学生听到喊声，翟苗秀先抬头看了下，见一军官站在校围栏外面一边招手，一边喊着："湘怡，我在这里呢。"

翟苗秀说："湘怡，那军官是找你的。""军官？哪来的军官？"王文婷听到军官这个字眼像是触动了神经，忙伸长了脖子寻找。

她看到了，像是发现了新大陆："咦，那不就是参加你生日宴会的那位军官吗？他怎么来了？"她扭头问朱湘怡。

"噢，他是我表哥，来接我回家的。"

王文婷戏弄地说："你近来的哥哥接踵而来，可真让人羡慕呀。"朱湘怡听出了弦外之音，忙解释："他真的是我表哥。"

"不用解释，就是男朋友也没关系。""你胡说什么呀！他是我二娘娘家的表侄。"说着就去追打王文婷。

李薇华提醒说："别追她了，人家还在外面等你呢。"朱湘怡停止了追逐，白了王文婷一眼："等我明天再和你算账。"王文婷扮着鬼脸表示回击。

朱湘怡忙招手喊着："表哥，我来了——"疾步向校园门口跑去。朱湘怡坐进了小车里，车子慢慢开动了。

朱湘怡看到满脸笑容的张凯，自己也很快乐，但她还是对张凯说："凯哥，以后别来接我了，让同学们看到，总爱胡说八道的。"

张凯听到此话却感到很开心："好呀，她们愿意说就让他们说去呗。""你说的轻松，这多让人难为情呀。"湘怡有些不好意思。

张凯笑而不答，继续开他的车。车里虽然安静，但张凯却是心情激动，兴奋满怀。

车开到朱府门前停下来，朱湘怡高高兴兴下了车，只顾一人在前面往家走。张凯说："怎么，不请我进去坐一会？"

张凯简单的一句话，使朱湘怡感到了自己的疏忽，忙解释："对不起，凯哥，我认为在你面前不用客套了呢。"张凯自然是醉翁之意不在酒，忙道："我是开玩笑呢，快进去吧。"

他俩刚进门便碰到二娘迎面过来，两人便礼貌地道："二娘好。""表姑好。"二姨太看在眼里喜在心里问："你俩怎么会一起进门呀？"

朱湘怡抢先道："是凯哥去学校接我回家的。"她满脸自豪的样子。二姨太忙装出意外的神态说："是嘛。"她忙话锋一转。对张凯称赞着："这才像个哥哥的样子嘛。"

接着又补充道："凯呀，有时间多来陪陪湘怡，她整天在学校里读书多枯燥呀，回到家里总要放松一下。""知道了，表姑。"张凯忙回答着。

他知道这是表姑在给他台阶，心想，表姑真好，我俩总是心有灵犀一点通，我何尝不想多陪她呀。

朱湘怡已习惯性的进家不去拜访二老，她带张凯直接去了自己的房间，张妈送上茶便退了出去。湘怡忙拿出了她画的两张人物肖像给张凯看："凯哥，你看我给你们俩画的肖像怎么样？"

张凯接过他和马教授的肖像看起来，他看到那细致的线条，画像的逼真，感觉到了湘怡作画的用心，他感觉到了自己在湘怡心中的位置，这是他最最渴望的。

忙称赞："画得太好了，尤其马教授，名副其实的美男子。"他一贯对马教授崇拜有加。

湘怡听此话不乐意了："怎么，你是嫌我把你画得不够好吗？""没有没有，你多心了，马教授美男子是无可厚非的，再经过你的巧工细琢，画出的肖像自然更加美男了。"

朱湘怡高兴了说："就是，我们同学也都这么说，不过有人说你更帅！""真的？这可真让我受宠若惊啊。"此时张凯的心里比吃了蜜还甜。

张妈进来说："小姐，晚饭准备好了，请您和表少爷到餐厅用餐。"湘怡正和张凯聊得起劲，自然不想被打断，便交代张妈："不去餐厅吃了，把饭端到我屋里来吧。""表少爷来了，家人都想和你们一起吃饭呢。""没事没事，我爸不在，其他人没关系的。"

"好吧。"张妈答应着走了，张凯却有些担心："我俩不去有些不妥吧？""没事的，我是常年在自己屋里吃小灶的，她们都习惯了。"

一会，张妈端着菜进来了，有：爽口西芹百合、凉拌藕片、糟香豆腐盒、贵妃鸡翅、另加一碗红果芋头羹，主食是门钉肉饼。

张妈说："这都是小姐平时喜欢吃的，四姨太让我问表少爷喜欢吃什么饭菜，我再去端来。"

能和湘怡单独一起吃饭早就是张凯梦寐以求的事了，怎会再有其他要求呢？他忙答复说："不用了，不用了，湘怡妹妹喜欢吃什么我就吃什么。"

"好吧，再想吃什么，说一声，我立马给送过来。"张妈说完，暂时退下了。

一会又端着两盘菜进来了："四姨太让我把红烧海参和蒜蓉蒸鲍鱼给送来，说这两道菜是专为表少爷您做的，是从青岛空运来的呢。"张凯非常感动，忙对张妈说："张妈，替我谢谢四娘。"

张妈走了，他俩便坐下来吃饭。张凯说："今天的菜真丰盛，在北京能吃到青岛的活鲍鱼和海参真难得。"

湘怡说："我们家，除了马教授来能享受这种待遇外，再就是你，你们两位是我们家享受最高待遇的客人了。""是吗？那可是托了湘怡妹妹的福了。"

湘怡接着说："只可惜马教授今天没来，他要来，我们三人一边吃饭，一边听他讲故事，就更爽了。""是呀，上次的《茶花女》还没讲完呢。" 湘怡高兴地说，"下次一定约他来。"

19

张凯又来看二姨太了，他现在已是朱府的常客了，自然来二姨太的房里也就多了起来。二姨太自然知道他是醉翁之意不在酒，但对二姨太来说，这可是一件很欣慰的事。

更让二姨太高兴的是张凯与湘怡接触的次数越来越多，相互的亲近程度也越来越超越了以往。她回想起那天被她碰到的一幕：

二姨太刚走进湘怡的院子，便听到湘怡嬉笑着求饶："我不敢了，再也不敢了，哈哈哈……饶了我吧，求你了，饶了我吧。"

二姨太一听就知道是二人在嬉闹，便大声问："是谁这么厉害呀，敢逼着我家湘怡求饶呀。"听到二姨太来了，两人忙停止了嬉闹。湘怡见到二姨太，忙抢先上前告状："二娘，你看，凯哥欺负我。"

"他怎么欺负你了，快说说，二娘替你出气。""他胳肢我。"张凯也不示弱说："你说我为什么胳肢你？""我，我……"湘怡不好意思说。"你不好开口，我替你说。表姑你知道她叫我什么吗？"

二姨太不解地问："她叫你什么？""她竟然叫我猪八戒。我有那么丑吗？"

湘怡忙接话："谁让你今天穿这么一套难看的衣服来着，你就是猪八戒。丑死了，丑死了。"朱湘怡可劲地嚷嚷着。

原来张凯今天来，竟一反常态地没穿军装，穿了一套黑丝绸便装，布料质地是上等货，可看惯了他穿军装的湘怡，自然就感到这身便装很刺眼难看了。

二姨太一听这话笑了："哈哈哈，是这样啊，凯呀，别看你在别人眼里是大帅哥，你和湘怡比呀，可不就成了猪八戒了。"

张凯一听急了："好啊，你们合起伙来褒贬我。不过，猪八戒好啊，他有能耐，能到高老庄背个漂亮媳妇。我也不能白担虚名，我今天也要背个漂亮媳妇。"

说着，伸出那双有力的臂将湘怡抱起来，一用劲扛到了肩上。湘怡用力捶打张凯的背："你放开我，放开我。"她越喊，张凯越来劲，扛着她满屋转着圈地跑起来。

他一边跑，一边喊："猪八戒背媳妇啰，猪八戒背媳妇啰……"惹得二姨太笑弯了腰。

想起此事，二姨太就禁不住笑："凯呀，那天你扛湘怡多亏没穿军装，要是穿了军装成何体统呀。"张凯很自豪地说："表姑您哪里知道，那天我是有备而来的。"

"你这小子，长能耐了？！看你平时斯斯文文的像个大姑娘，怎么突然就成了……"二姨太没好意思把后面的话说出口。张凯却不在乎，自嘲地说："成了洪水猛兽了是吧？""我看差不多。"二姨太嘟哝着。

张凯毫不掩饰自己的本性："男人嘛，表面再斯文，到时候也会变成猛兽的。"二姨太眼里含上了泪花，他的儿子长大了，成人了。

二姨太认真地问张凯："凯呀，表姑问你，你爱湘怡究竟有多深？""表姑，我爱她都爱到骨子里去了，我这一生非她不娶。"

"你真和你父亲年轻的时候一样。"张凯很吃惊地问："我父亲就是这样娶我娘的呀。"

二姨太感到话说多了，忙掩盖说："孩子家，不要问父辈的这种事。快接湘怡去吧，再晚怕她要自己走回家了。""是！听表姑的，我走了。"

"去吧，去吧。"张凯走后，二姨太心里酸酸的，她想起了自己与表哥的当年。

他俩嬉戏过后，表哥便对表妹承诺："表妹，我这一辈子非你不娶。"他那奔放的暖流，使年轻的她被爱融化。幸福地依偎在表哥的怀里："表哥，我非你不嫁！"

每当想起那段时光，竟像梦幻一般，她又替儿子担起心来。

这时，将军进来了，见二姨太不快活的样子，便问："你有心事呀？"二姨太没回答朱将军的话。"老爷来了，快请坐，我给你冲茶。"

"我问你话呢。"朱将军急不可耐。

朱将军看到张凯刚从二姨太房里出去，他担心二姨太的不愉快会与张凯有关。这自然联系到女儿湘怡，这是他最敏感的神经线，来不得半点碰触。

二姨太看出了将军的心思，为了给将军宽心，便无话找话地说出了张凯把湘怡扛到肩上嬉闹的事。

"那好啊，湘怡没问题了，是吧？""应该没问题，但我又没有十足的把握，总归没听到湘怡亲口说爱凯呀。"

"嗨！女孩子腼腆，不会轻易说出那个爱字的。"他停了下，接着说："我想，是不是该让大舅哥上门提亲了？"

二姨太没吭声，她怕提亲不成伤了所有的人，最伤不起的自然是张凯——她的亲生儿子。

将军见二姨太不吭声，又问："你不吭声，是怕大舅哥那边有问题？""那倒不是，我还是担心湘怡，还是再观察一段时间吧。"

朱将军感到有点失望和不解："你觉着有这个必要吗？"

二姨太默默地点点头。朱将军这时的心里空落落的，像是自己失恋了一样，可他自己还真没失恋过，他想要什么样的女人得不到呀？

可女儿的婚事不能和他比，女儿是民国的新一代青年，和自己不一样。他不能委屈女儿，他要让女儿得到真正的幸福，真正的爱！为了女儿，他只能听二姨太的——等待！

"好了，那我走了。"他准是又给四姨太"汇报情况"去了。

20

星期天，师范学院的校园里静悄悄的，空无一人，朱湘怡单身一人来到校园门口，值班室李师傅一眼便认出她。朱湘怡不但因她父亲是将军，惹来院校师生们的瞩目，更主要的是她一进院校便被选为校花而成了院校名人。

李师傅见她来，忙起身问："朱湘怡同学，今天休息，你怎么来学校，有事？"她忙点头说："我找马教授有点事。"李师傅忙客气地说："好，好。"说着便开了栅栏门："请进吧。"

马教授宿舍的门是敞开着的，大白天，他一个大男人，没必要关门。朱湘怡一进门便见马教授背对着门，在紧靠床头边的桌前写什么。她不想让马教授发现她的到来，一是想给他来个意外，二是想偷偷看一下他在写什么。

只见她蹑手蹑脚地来到马教授背后，偷偷地伸长脖子窥视。一看才知，马教授在写家书。他那漂亮的小楷字迹是那样的清秀夺目，如同他那出众的仪表，让人看了禁不住赞叹。

只见上面写着：母亲大人在上。跪安！只看了前两句，朱湘怡禁不住"扑哧"一声笑了。心想，啥年月了，还用这种老套的语言写信。

没想，这一笑不要紧，把马教授吓了一跳，回头一看是朱湘怡站在他背后："嗨，我说你进来怎么不敲门，我还以为大白天的鬼还敢出来骚扰人呢。"

"我有鬼那么可怕吗？说我像仙女还差不多。"马教授放下了笔接着说："无论是鬼还是仙女，都出人意料，说，星期天不好好地在家里待着，跑到学校里来干什么？"

"来找你呀，学校规定星期天不上课，可没规定不能来找老师。"她说得在情在理，无可指责。

马教授想，星期天来找他肯定有事，便不和她斗嘴，郑重其事地问："说，找我有啥事？"

"没事就不可以来看看你了。""不是不可以，而是不可能。"

马教授看她那轻松愉快的样子，肯定是来邀请他去朱府的，便不加思索地说："有什么好事要告诉我？是去你家吃饭？还是去你家讲故事？"

"那不都一样嘛，可两者都不是。"朱湘怡显出了很神秘的样子。

马教授感到很奇怪，但他一时还真猜不出朱湘怡来为何事。便说："别卖关子了，有事快说，再不说，我可就要下逐客令了。没看我在给家里写信吗？"

朱湘怡见马教授认起真来，便不再兜圈子了，说："二娘让我来请你过去。""二娘？""是的，千真万确！"

朱湘怡的话，把马教授弄得一头雾水。这是哪对哪？他与二娘素无往来，即便去朱府与二娘打照面，出于礼貌问声好也就是了，怎么会让湘怡来请他过去呢？

心想，肯定是朱湘怡要花样跟他开玩笑。便漫不经心地说："你撒谎也不看看对谁，我能信吗？"

朱湘怡可真是冤枉了，她涨红了脸说："你是在说我撒谎？天哪！我什么时候给你撒过谎？" 她生气的一边用胳膊肘推马教授，一边说："去，去，去！"

她本认为自己的这一举动，马教授肯定会自觉离开座位，便没加思索的一屁股坐下去。因坐下去的动作太突然，马教授还没反应过来，朱湘怡的屁股竟落在马教授的腿上了。

这肉腿和木椅子的感觉是不一样的，朱湘怡的身子一度不稳便倒下去。马教授眼疾手快，忙伸出双臂将她抱住了。

瞬间，朱湘怡被搂在了马教授的怀里，一时，他俩都愣住了。她是第一次"主动"地坐在一个男人的怀抱里，男人的怀抱是温馨的，但也像有芒刺一样，她下意识地想站起来。但，那双有力的双臂像绳索一样，将她紧紧地捆住了。

她与马教授的目光对峙着，马教授静静地看着她那早已红透了的脸颊，那是一张单纯而多情的少女脸颊。他平日克制、回避的理智，此时已被那爱情的火焰吞噬。他的头慢慢低下去，低下去……朱湘怡羞涩地闭上了眼睛。

当他的脸颊接近那迷人而性感的唇时，突然！理智像一位铮铮铁骨的硬汉一样横在了他的面前，他被理智打败了，他痛苦地选择了放弃。

那即将到来的一刻，爆发般的瞬间，早已是朱湘怡梦中的全部，但这一次，为什么！为什么还是梦！

她失望地睁开了眼睛，她搂紧了马教授的身躯，将头埋在了马教授的胸前。她听到了马教授心脏剧烈的跳动声，她不敢抬头看马教授的脸，她想像得到，那是一张严肃而痛苦的面孔。

马教授没有推开她那柔软如棉而富有弹性的身体，他要让她多感受一会世间爱的温暖，爱的滋味。

但只能是短暂的，马教授深深地知道，这种爱给她的越多，将来她的痛苦也就会越多。

他不忍心去伤害那纯洁的心灵，他要将两人的苦酒，由他一人独吞下去！

他仰头轻轻地叹息了一声，慢慢低下头在她的额上吻了一下，心里默默地说："对不起，湘怡，原谅我吧。谁让我是个有家室的人，三个孩子的父亲呢。"

他把朱湘怡的身子慢慢推开说："让我收拾一下，和你一起去见二娘。"朱湘怡垂下了那失望的眼帘，默默地等待马教授收拾好后，默不作声地跟马教授走出了校门。

21

他俩肩并肩走在路上，湘怡今天来院校是徒步走来的，平日里上学都是家里的车接送，今天没有坐车来，是她自己特意安排的。

当她走在路边的林荫大道上时，她的心情敞亮了，她忘记了刚才的尴尬，她想要感受一下，平日坐在车里看到那些成双成对情侣们漫步在林荫下的浪漫生活。虽然她知道自己与马教授不是情侣，但她还是想偷偷地享受一下情侣的那种幸福感觉。

情窦初开的少女，她们那奇怪的想法是没有逻辑性的，对方平常的一句话，一个动作，都会让她们遐想无边。今天的这一切，对她来说，都是难得又难忘的，愉快的心情涌上了她的心头。

马教授见刚才给朱湘怡带来的尴尬没影响到她的情绪，他那忐忑的心情便轻松了许多。

他俩一进门，湘怡就喊上了："二娘，我们来了。"二姨太正在看经书，其实她是借此来平复那忧虑的情绪。

自湘怡去请马教授，她的心里就七上八下的跳个不停。她担心马教授会找借口不来，那便前功尽弃。湘怡的一声喊，二姨太心里的一块石头算是落了地。

"二娘好。"马教授的一声问候，使她很激动。她忙站起来招呼马教授："玉涵来了，快请坐。"二娘用长者的身份招呼马教授，这是在情理之中的事。

二娘忙给马教授倒茶，马教授慌忙而礼貌地站起身说："谢谢二娘。"湘怡见马教授有点拘束，忙说："到二娘这里不用客气，不是到大娘那边。"

马教授想，到二娘这边还真不如到大娘那边坦然呢，到大娘那边都是嘘寒问暖之类的平常话。二娘叫他来可就心中没底了，好在有湘怡在这里面掺和，掩盖了他那局促不安的心情。

相互客套几句后，二娘突然想起一事，对湘怡说："刚才张妈来找过你。""找我啥事？""没说，我答应她你回来就让你过去。"听后，湘怡忙起身走了。

湘怡走后，屋里静了下来。马教授又一次感到拘束，但他还是宽慰自己，既来之则安之吧。

二姨太的心里更是紧张，她不知道该怎样开口，事先想好的一堆话，一时一句也说不出来。

还是上过讲台的人话头来得快，马教授主动开口了："二娘，您叫我来有啥事？"

这时，二姨太才算回过神来，忙答道："是呀，我有点事找你。"她停了片刻接着说："其实也不是什么大事，只是想问问你……"她说了半截话打住，喝起茶来。

"二娘，您说。""玉涵，你对我家凯印象如何？"

因拘束，马教授一时没能理解二姨太的问话，他愣了一下说："凯？"二姨太感到自己问得太简洁了，忙解释："我说的是我侄子，湘怡的表哥张凯。"

这时马教授才恍然大悟，忙说："认识，认识，只是一时……对不起，二娘。""这又有什么呢，是我问得太唐突了。"

二姨太的问话，马教授没多考虑，他用诚恳的语言回答："张凯少校，英俊帅气，年轻有为，是其他年轻人无法比的。"

马教授的夸奖，二姨太的心里别提有多高兴了。但还是谦虚地说："看你把他夸的，他哪有你说的那么好呀。"

其实，马教授第一次见到张凯，便对他产生了很好的印象，今天的夸奖，确实是他的心里话。

这边正聊着呢，湘怡那边也没闲着，四姨太知道湘怡回来了，进了门忙问："把人请来了？"朱湘怡不加思考地回答："请来了，正在二娘那边说话呢。"

"好，好，我这就给张凯去电话，让他也过来。""今天还要请凯哥来呀？""对呀，你们三人多长时间没聚一起吃饭了，难得今天马教授能来。"四姨太说完，高兴地扭着腰肢走了。

是呀，妈咪说的一点没错，这不是前些日子她给张凯承诺，约马教授来给他俩接着讲《茶花女》吗？

她高兴地对张妈说："张妈，今天是啥好日子？"张妈笑而不答。

自从湘怡生日宴会后，张凯来她家多次，马教授却很少来，三人聚在一起的机会就更少了。没想今天能聚在一起，湘怡高兴得合不拢嘴。

她忙去追四姨太："妈咪，不劳您大驾了，我去给凯哥打电话好了。"

"好啊，真是长大了，知道心疼妈咪了。"朱湘怡会意的一笑，便像小燕子似的飞往客厅给张凯打电话去了。

四姨太高兴啊，没想二姨太的周密计划实施得这么顺利，她从心里佩服二姨太。

二姨太这边，此时却陷入了沉默的气氛里，因二姨太讲出了想让张凯娶湘怡为妻的意愿。这便让马教授感到突然，一时无话应对。

二姨太见马教授无语，心里便紧张起来，她担心马教授对湘怡超出了师生感情而不会帮这个忙，如真是这样的话，那可害苦了张凯，这比杀了他都痛苦。

二姨太绝不能让他俩的感情肆意发展，她坦诚地讲了张凯对湘怡那份痴情的爱恋。

马教授连喝了几口茶才慢慢开口，他不知道自己是否有私心，但他确定，这样回答是最好的："这是桩好姻缘，既是男才女貌，又是亲上加亲。二娘可直接问湘怡，何须绕这么大弯子让我问呢？"

二姨太虽然看出马教授是在回避此事，但还有回转的余地，便道："是我担心湘怡眼高看不上我家凯，我直接问怕湘怡难为情。你就不同了，在家里你是他兄长，在学校，你是她老师，你问她会比我这当长辈的更方便些，你说是吗？"

马教授感觉到，二姨太说话虽和蔼，却有苦苦相逼的感觉。出于对长辈的尊重，马教授勉强答应了下来："好吧，我找机会问湘怡。"

又是一顿丰盛的晚宴，除朱将军有事没参加外，全家都到齐了。朱家每个人的脸上都挂着笑容，尤其是朱湘怡，高高兴兴地主动给每个人布菜。

她这是破天荒的举动，让四姨太看在眼里，喜在心里，她自然猜不透朱湘怡今天高兴的原因所在。

马教授今晚却食之无味，这一点只有二姨太看得出。

22

晚餐后，马教授比张凯先告辞一步回院校去了。他没让朱府的车送，他坚持要一人走回去。

他没有走在路灯下，他顺着来时的林荫道走着，步子缓慢而有些摇晃，像是喝醉了酒。林荫中的光是昏暗的，洒在地上那斑斑点点的月光，像是天上那无数颗星星。

他一人在昏暗的林荫道上走着，树影遮住了他那英俊潇洒的面容，只能是一个黑影在前行。但他不介意，此时此刻，就是有人把他误认为是幽灵，他都会感觉无所谓。

他喜欢这昏暗的路径，喜欢没人能辨认出他是谁，就像没有人能看透他心里的秘密一样。他怕有人看出他心中的秘密，他不想让任何人知道他心中的那个秘密。

他接受过西方的文化教育，认可爱情是伟大的，可他的爱情伟大在哪儿呢？他的心绪昏暗到了极点，像树影中的光一样昏暗，他在回味着最近所发生的一切。

湘怡的爱情是纯洁的，从她的眼神里足以证明这一切。张凯的爱情是真挚的，二姨太可以证明。可自己的爱情算什么呢？谁能证明？朱湘怡还是苍天？他们即便能够证明这份爱情，又能说明什么呢？

自己是有家室的人了，这份爱情是见不得光的。此时此刻，他觉得这份爱情变得耻辱，他不能玷污爱情那个美好的字眼！坚决不能！

　　他继续走着，回味着来时与湘怡走过的这段路。此时此刻他明白，今后不会再有这样一段路了。

　　他多么珍惜这段路，希望今晚这段路延长再延长，让他多享受一回被爱情陶醉的美好滋味。

　　路！总会有尽头的，他终于到了终点，来到了宿舍门口。他进屋没有开灯，直接躺到了那单人床上。这像是他的习惯，每次从朱府回来，总会躺一会，然后再起身开灯做要做的事情。可今晚看来是做不了什么事情了，他快快地躺在床上没有起来的意思。

　　他梳理着三人那不同寻常的爱情：张凯对朱湘怡是真挚而痴迷的爱情，朱湘怡对自己是纯真的爱情，自己的那份爱情，应该归属哪一类呢？他给自己下了定义，那是一种失去理智的爱情。

　　常言道：爱情是幸福的，可这三人交织在一起的爱情，如同三杯美酒摆在自己的面前，其中一杯是苦的。

　　我应该选择哪一杯？他犹豫着，但他知道，最终那杯苦酒该属于自己。只有这样，他那份爱情才不会变味，只有这样，他那份爱情才高尚。

　　湘怡那少女身体的留香还存留在他的怀抱中，他的脑海里，出现了那张单纯而多情的脸颊，又一次出现了那双期盼渴望的眼神。

　　当他痛苦地选择了放弃时，就像一把钢刀扎入了自己的心脏！这对湘怡来说，何尝不是如此！

　　此刻，他痛苦地将头转向窗外，又一次出神地仰望着夜晚的星空。他又一次看到了天上的月亮，又看到了月亮旁边的那两片浮云。这一次又寓意着什么？他在寻找答案。

他目不转睛地看着天上的月亮，只见那两片浮云围着月亮在慢慢地游动，可哪一片也不肯弃月亮而去。慢慢地，慢慢地，月亮自己钻进了云朵中，眼前变得昏暗了。

马教授深深地叹了口气，自语道："她总是要有自己的归宿的。"

这时，其中一片浮云在慢慢游走了。这次他像是找到了上次没有找到的答案，那两片浮云就是他和张凯！游走的那片就是自己。

她的归宿应该属于张凯而不是自己，这次，他选择了正确的答案。

一会院子里亮了，是月亮由云朵里露出了半个脸，像是在偷看另一片浮云慢慢地游走、离去。

马教授猜不透此时的月亮在想什么，是难过？悲伤？也许都不是。但他清楚，游走的那片白云是多么的无奈、痛苦和恋恋不舍。但他清楚，游走的浮云是对的，这是明智的选择！

23

将军府里，静悄悄的，圆圆的月亮高挂在空中，照得庭院如同白昼。喷泉里的水柱猛劲地往上喷着，然后呈弧形洒落在荷花的花蕾上、荷叶上。花蕾被水柱打的左右摇摆，荷叶上面的水珠像珍珠似的在荷叶上面不停地滚动着，好一个寂静而美丽的夜晚。

二姨太欣赏完了喷泉美景，心情格外的好。今天是周末，湘怡不会在读书，她决定去湘怡房里走走。

自从和马教授说了张凯与湘怡的婚事后，二姨太天天盼望着马教授的消息，但总不见马教授来回话。她便忍不住了，想亲自来探一下虚实，这是她思虑多日的事了。

不出所料，湘怡没看书，是在看一本相册，那是一本她从小到大的个人写真。

"哎哟，这么休闲那。"二姨太伴随着话音来到了湘怡面前。湘怡见二姨太来，赶紧放下相册站起来招呼二姨太："二娘来了，快请坐。"

朱湘怡对二姨太的热情是发自内心的，尤其是认了张凯为哥哥后，对二姨太更是热情有加。这一点，二姨太也是心知肚明。

朱湘怡又赶紧喊张妈："张妈，给二娘上茶。""来了。"张妈由隔壁房里忙答应着倒茶去了。

张妈对二姨太也是一贯尊重有加，这将军府里有四位太太，大太太身居家族首位，孤傲冷漠；三姨太说起话来总是有那么一股子刁钻、刻薄的味道；四姨太戏子出身，自然少不了轻浮妖艳的品性。自她生了湘怡这宝贝女儿后，摇身一变就成了将军府里一人之下全家人之上的主。妖艳劲更是变本加厉，就连大太太也要看在湘怡的份上让她几分。

将军府里，唯独二姨太为人和善，在佣人面前从不摆主子的架子。又是大户人家出来的，有修养、懂礼数。咏诗作词更是朱府女眷们不能比的。

只要进了二姨太的屋，满是让人赞不绝口的书画，墙上除了从娘家带过来的那幅郑板桥的真迹《难得糊涂》外，其他墨宝都是出自二姨太之手。

不光下人们尊重二姨太，朱湘怡也最欣赏二姨太。

张妈把茶送过来："二姨太请喝茶。"二姨太关心着张妈："这晚了，你老人家就休息吧，我坐一会就回了。"

"那我就回屋，有事吩咐我。"张妈见二姨太这晚了还过来，想必是找小姐有事，便自觉地退下了。

二姨太喝着张妈送过来的茶，便聊上了："湘怡呀，你看到没有，凯快把咱们家的门槛踏平了，你呀，赶快及早嫁过去吧，省得老爷找人修补门槛了。"

朱湘怡真没想到二姨太会开这种玩笑，急了："哎呀，二娘，你怎么开这样的玩笑呀，这要让凯哥知道了多难为情呀。"

"这有啥难为情的，他有这个心，还怕我说呀。"二姨太说得是那样的顺山顺水，随意自然。

"二娘，你不要瞎猜，凯哥才没有那意思呢。""我瞎猜？朱府还有比我更了解他的人吗？"

"湘怡，不要嫌我多嘴，我是张凯的姑妈，又是看着你从小长大的。你俩可真是天生的一对，地造的一双。我情愿为你二人保媒，你还有什么不放心的？"

朱湘怡没想到二姨太今晚来会谈起这事，并且，既干脆又直截了当。

这突发事件的到来，真让她不知怎样应对才好。二姨太抓住时机不放："怎么样，我这个媒人还合格吧？"

"二娘，我们年轻人的事就让我们自己解决好了，这都啥年月了，还要由长辈出面包办婚姻啊。"

朱湘怡本认为她这一番话会堵住二姨太的嘴，没想二姨太抓住话柄顺水推舟："好啊，好啊，我巴不得你们自己解决呢。我就告诉凯，让他像个男子汉，做一个爱情的勇士！"

朱湘怡的一番话，本想敷衍二娘解燃眉之急的，没想适得其反，她那个后悔劲就别提了，深怨自己不会说话，让二娘钻了空子。

事已至此，又能怎么样呢？只能走一步算一步了。她用开玩笑的方式双手推二姨太说："二娘你快走吧，都这么晚了还赖在这里不走。"

二姨太感觉是该走了，她今晚来的目的已达到了。她高兴地说："好，我走！还不好意思呢。""二娘！"二姨太的话，让朱湘怡哭笑不得。

24

下午最后一节课的铃声响了，马教授告诉朱湘怡回家前到他宿舍去一趟，朱湘怡听后痛快地答应了。

来到宿舍后，还没等马教授开口，朱湘怡就急不可耐地先开口了："叫我来有啥好事呀？"马教授慢条斯理地回答："当然有好事了，你猜猜看？"

"嗯，我猜不着，我想听你说。""不想猜，只想听我说？"

朱湘怡满腹高兴地向马教授点头。

马教授此时被湘怡的情绪所感染，自己也放松了很多。心想，看来今天的工作好做了，便开玩笑地说："大了，该嫁人了。"朱湘怡一听急了："你在胡说什么呀！"她显出了少女的羞涩，但还是蛮高兴的。

马教授趁湘怡的情绪处在良好的状态下，忙抓紧时机转入正题。他一边整理书桌上面的书一边说："我看你和你的凯哥，真是蛮好的一对。"

朱湘怡听马教授的话立时火冒三丈，本来上次被二姨太钻了空子，心里就有些窝火，因二姨太是长辈，不好对她发脾气。没想，马教授今天又提起，这可真是火上浇油。原本坐着的她猛地站了起来吼道："你胡说什么呀！"

"我怎么胡说了，是二娘告诉我的。""我不信！"朱湘怡没好气地说。马教授满不在乎地问："那你说，二娘那天找我会说啥事？"她仍认死理："她找你说事，与我有什么关系！"

马教授见状，知道再敷衍了事是不行了，必须要向她解释清楚。要不然，他怎么向二姨太交代？便将那天二姨太想让朱湘怡嫁给张凯的意愿，详详细细说了一遍。

虽然二姨太曾在朱湘怡面前说过此事，但她绝没想到二娘会让马教授来当她的说客，她心里的委屈立时在马教授面前显露了出来。

她一声不吭的又坐回到马教授的床边上，此消息像霜一样打在含苞待放的花蕾上。

马教授知道，这消息对湘怡来说是痛苦的，但他不能让她为了自己搁浅在爱情的浅滩上。她是一位纯洁的女孩，她该拥有甜蜜的爱情、美满的婚姻、幸福的家庭。这一切，自己都不能给她，但他深信，张凯能！

他不想让朱湘怡误入歧途，他要帮她自拔，去选择人生正确的爱情。

想到这里，便逗乐地说："怎么？刚才还是鲜花盛开，瞬间变成蔫茄子了？你与张凯结为连理，也不愧对女人一生了，我真的为你高兴。"朱湘怡听后没吭声，眼泪竟"唰"地流了下来，看来这问题严重了。

马教授明知其中的原因，但还要装糊涂，问："怎么了？一会晴，一会雨的？"朱湘怡想，人家正在痛苦呢，他还有心开玩笑。她猛地站起来愤怒地说："你装什么傻？"此时的朱湘怡已失去了平日的温柔。

"我装傻？我怎么装傻了？哈哈哈……"湘怡见马教授此时的嬉笑态度，知道他是硬装出来的，这更给她增添了几分愤怒。

她心里清楚，马教授是爱她的，二姨太让他来给自己当说客，如同往他心里戳刀子。但他还要装出那副不在乎的样子来，朱湘怡受不了，她哭着夺门而去。

马教授见状，一把将她拉进了屋，严肃地呵责："你要干什么去！""我要去找二娘！"马教授见湘怡像疯了似的，吓坏了。

他脑海里那温柔、小鸟依人的朱湘怡，哪里去了？马教授从没见朱湘怡这样发疯过。他不能让她出这个门，一旦出去，什么事情都会发生。

马教授严厉地指责湘怡："你这种状态出去，让同学和老师们看到会是什么结果，你想过了吗？他们会认为我……"

话到嘴边马教授又咽了回去。

他停了下仍怒气未消地说："你这种举动，太放肆！太不像话了！"马教授真的生起气来。

朱湘怡见过马教授严肃的样子，但没见他生气的样子，他生起气来还真让朱湘怡害怕。

她像做错事的孩子低下了头："对不起，刚才我一时……没考虑那么多。""好了好了，稳定下情绪等车来接你。好好考虑我说的事，我还要给二娘回话呢。""知道了。"

此时的朱湘怡，像一个听话的孩子无可指责，但马教授清楚，是他的呵责镇捏住了朱湘怡的情绪，他清楚朱湘怡此时的委屈和痛苦，他心疼呀！

可自己呢？自己的痛苦又有谁知道呢？

25

第二天，朱湘怡的房间里，一男子手捧鲜花，单膝跪地正向朱湘怡求婚："湘怡妹妹，请嫁给我吧！"这男子，便是爱朱湘怡爱得如痴如醉的张凯。

朱湘怡通过马教授和二姨太，已知道了家人都在撮合她与张凯的婚事，可她没想会来得这么快。

这时，母亲四姨太、二姨太都进了屋。更让朱湘怡没想到的是，朱将军，他那严厉的父亲，还有陪伴她三年，爱过她三年的班主任马教授也紧跟其后出现在了她的面前。

那紧锣密鼓齐上阵的事态，一时真的让她招架不了，她——愣住了。

二姨太忙见缝插针说："老爷，您看我家凯够诚心了吧？"

"够了，够了，男儿膝下有黄金，哪能随意下跪，湘怡赶快把你凯哥扶起来。"

湘怡这才缓过神来，忙扶张凯："凯哥，快起来，你这是干啥呀。"张凯想，我不能就这样起来了，为了自己的爱情，姑妈费尽心思策划了今天的一幕，如果听不到湘怡的亲口应允我起来了，以后就再也没有机会了。

他急忙说出了心里话："湘怡妹妹，你今天若不答应我的求婚，我就不起来。"

"好！"在场的起哄般地鼓起掌来，紧接着发出同一个声音："快答应呀，湘怡。"朱湘怡这时的心在颤抖，她不肯接受面前的现实，她扭头往外跑。被母亲四姨太拦住，"我的宝贝，别走呀，像张凯这么爱你、关心你的人，全世界找不出第二个了。"

二姨太见状，心突突地跳起来，湘怡的态度，决定着张凯的命呀，张凯的命比自己的命都重要。她忙上前帮四姨太阻拦："湘怡，湘怡别走。"暗中忙给马教授使眼色。

马教授自然清楚昨天他给二娘回话时两人达成的共识，忙上前说："湘怡，我知道你一时抹不开面儿，你这样走了，让表哥的面子又往哪里放呢？""是呀是呀，你就忍心让你的凯哥长跪这里吗？"二姨太忙帮腔。

二姨太的话像针扎一样刺疼了湘怡的心，是呀，凯哥关心她是无可厚非的。她停住脚步转脸看张凯。此时的张凯仍跪在那里一动不动，眼睛里满是诚恳。

张凯是爱她的，爱的是那样痴迷，真真切切，她深信不疑。再看一眼马教授，是那样的坦荡而不懈。她又一次看了张凯一眼，仍是不离不弃地跪在那里。

她回想起张凯把她扛在肩上满屋跑的欢乐时刻，在众人面前替她喝酒解围的场面，请求严厉的父亲给她换红酒的真诚，想到这一切，她的心软了。

这一瞬间的心理变化，怎能瞒过马教授的眼睛，他趁热打铁忙催促："湘怡，快把花接过来呀。"她慢慢地转过头来看了一眼马教授，马教授微笑着点头鼓励。她明白了这桩婚姻已成大局，不是自己的意志能转移的。

爱情急转弯的考题刚出现，她还没来得及思考，答案便出现在了面前。

她向马教授微笑了一下，默默地走到了张凯面前。

张凯的真情，二姨太的苦心，马教授的鼓励，像重锤般敲打着她的心。她无奈，她个人的力量太渺小了。她自知无路可退。

她接过张凯手里的鲜花："凯哥，快起来，我答应你。"顺势将张凯扶了起来，与此同时，她的眼泪像断了线的珠子一样，扑簌簌地滚了下来。

张凯忙将湘怡搂进了怀里："湘怡妹妹，我会爱你一辈子，今生今世都会对你好的。"朱湘怡含泪点头。此时的朱湘怡，是喜悦还是委屈？自己无法去揣顺，只见她的身子在张凯的怀里瑟瑟发抖。

沉默了老半天的朱将军见此情景，终于一块石头落了地，他哈哈大笑着说："好了，有情人终成眷属了！"

他忙交代管家："吩咐下去，摆宴庆贺！""是！"管家应声去了。

今天的求婚，张家没来人，不是张家不想来，是想让张凯先来个投石问路，如果今日的求婚不成，再进行下一步，那就需要张督军亲自登门提亲了。没想竟然一步到位，这与二姨太的苦心计划安排是分不开的。

为张凯的这次求婚，二姨太有多少个不眠之夜，只有她自己清楚。今晚能顺利地让湘怡接受张凯的求婚，马教授的鼓励是最最重要的。他的为人师表，让二姨太感动，她从心里感激马教授。

这时张凯自然去了湘怡的房里，陪着湘怡说着贴己的话。

客厅里，朱将军、马教授、二姨太、三姨太、湘怡母亲四姨太都在场。大太太自然也在其中，她是朱府里的女眷之首，家人的婚姻大事，她自然要出面祝贺。

她满脸笑容地说："湘怡的这桩婚姻好啊，郎才女貌，门当户对，真是打着灯笼都难找的好姻缘哟。""是呀，是呀，太太说的没错。"大伙迎合着。

一会工夫，宴席准备好了，节日般的盛宴呈现在面前，祝贺的碰杯声连连作响，一片欢乐气氛。

此时的朱湘怡也被这欢乐的气氛所感染，她和张凯满脸笑容地举杯接受着家人的祝福。马教授来到他俩面前举杯祝贺："祝你们白头偕老，永结同心。"两人由衷地回敬："谢谢！"

马教授的祝福是真诚的，朱湘怡能与张凯结为连理，是他最最希望的，张凯是一个可以托付终身的男人，此时的马教授心态是平和的，朱湘怡终于找到自己的归宿了。

现实的朱湘怡接受了张凯的求婚，虽然这份爱情像冰糖葫芦一样透着一股酸酸的味，但也含着一份甜。

那就是，她不能和所爱的马教授结成连理，所爱的人能真诚地为自己选择未来的人生，也便弥补了她心中的遗憾，这也就足够了。

一枚钻戒

下 篇

1

卧室里黑着灯，妻子早已睡着了。丈夫躺了好长时间没能入睡，他轻轻地转过身，打开了床头灯。

他没有惊动妻子，双臂弯曲枕在头下，仰面躺着出神。

也许是灯亮的时间太久，妻子醒了，问："怎么还亮着灯呀。"丈夫没吭声。"你怎么了，这大半夜的不睡觉愣啥神呀？"

丈夫没回答妻子的问话，仍傻愣着躺在那儿。妻子不知出了啥事，忙摇晃他身子说："咋不说话呀，还没睡呢就癔症了？"

丈夫拿开妻子的手："别，别，我在想事情呢。"妻子不解地问："啥事这么重要，让你连觉都睡不着了？"

丈夫沉思了下说："我在想，那天看到的那张画像。"

"哎呦，我当啥事呢，不就是一张老女人的画像嘛，值得你这样日思夜想呀。"

"不，不是，那老奶奶我有一种说不出来的感觉，好像有种亲近感。这是为什么呢？我想不明白。""想不明白就别想了，赶快睡觉吧。"妻子催他关灯，被他制止了。

丈夫思忖了下又说："还有她手上戴的那枚钻戒，我也感到有一种很熟悉的感觉。"妻子嘲笑他说："你不会是看到人家的钻戒起贪心了吧。""你说啥呢!"王文博顶了妻子一句。

究竟什么原因让他对那老奶奶有一种说不出来的亲近感呢?自己左想右想找不出答案。

还有老奶奶手上的钻戒?这些都与自己没有任何关联,家里只有妻子带着一枚钻戒,是结婚那天自己亲手给她戴上的。母亲是不戴戒指的,理由是:和面、洗涮等戴着不方便。

他仍想得出神,妻子再次催促他关灯睡觉。他像没听见一样,继续遐想。最后认真地对妻子说:"我想去台湾一趟。"

"怎么去呀?""旅游呗。""你还真想去台湾找那老太太呀。""说不准还真能见到她。"

妻子想,真是天方夜谭。为了不影响自己睡觉,便应付道:"随你。"丈夫这才安心地睡觉了。

王文博报了去台湾的旅游团,登上青岛"泰山"号旅游船,直奔宝岛台湾。

走的那天,天气晴朗,他站在船舱外的甲板上。海风将衣摆吹起,前后不停地颤动,就像他的心不能平静一样。

他不知道这次去台湾是否能如愿见到那位老奶奶,更不知道老奶奶是否肯讲出那枚钻戒与寻亲的秘密。但他决心已下,定要解开那谜团。

可能在外面站的时间久了,他感到有些凉意,便回到船舱。天渐渐黑了下来,他躺在床上,透过圆形窗口看到了茫茫大海。

他虽然在海边长大,对大海并不陌生,但在船上透过窗口看大海却是另一番景象。

茫茫的大海无边无际，更显宽广辽阔。月亮高挂，大海泛着荧光，是那样的明亮而迷人。

老奶奶，你离我还有多远啊？此时他感到船走得太慢太慢了，他在无奈的等待中睡着了。

"下船了，下船了。"导游们在向各自的游客敲门喊叫着。这时，王文博才知自己睡过了头，忙起床收拾随行物品。

王文博随旅游团的游客们下了船，游客们心情都非常兴奋，虽然从版图上看宝岛离大陆在水一方，但它离得再远，也是祖国的一部分，站在祖国宝岛的土地上倍感亲切和自豪。

就要见到老奶奶了，他心情倍爽。落在游客后面的他，没多会就赶到了前面。

他想见老奶奶的迫切心情，如同想见亲人一样充满期待！

2

不多会，大巴车将他们送到了豪华五星级酒店。这时游客们在各自的房间里整理着随身携带的物品，也有的正一间间串朋友的客房。尤其是第一次来台湾的游客，一踏入这片土地，感受颇多，房间里传出了高谈阔论和欢声笑语。

王文博的房间里是安静的，他没有约朋友一起来，也没带过多的东西。男人嘛，出门的随身物品要比女人简单得多。

他把皮箱往衣柜里一放，忙拿出手机给家人去电话报平安。打完电话，看离开饭时间还早，便从衣兜里掏出皮夹，从里面拿出画师给他的那张名片，准备给那老奶奶打电话。

当触摸到手机时，手不由得微微颤抖，号码会不会是空号？真是那样，他来台湾的苦心就全泡汤了。

他仔细按完号码，便慢慢地放耳朵上倾听。"叮铃铃，叮铃铃……"对方铃声响了，片刻，手机里传出"此用户暂时无法接通，请稍后再拨。"他有点失落，不过还好，没让他失望。他心想，只要电话畅通，证明人还健在。

一会，手机响了，忙看，正是刚才他打过去的电话号码，他的心立时一阵狂跳，我不是在做梦吧？真会是那位老奶奶打过来的电话？他忙接听。

电话那头问："喂，你好，你是哪位？请问怎么称呼您？"

听到对方的说话声，王文博的心立时凉了半截。对方不是一位老奶奶的声音，而是年轻姑娘的声音。没戏了，肯定不是老奶奶家的电话了，失望油然而生。

这时对方又说话了："请问是哪位，为什么不说话？"这时他才意识到自己的不礼貌。忙解释："对不起，我打错了，我要找的是一位老奶奶。""噢，你是找我奶奶呀，请稍等，我让奶奶接电话。"原来那姑娘是老奶奶的孙女呀，这真是：山重水复疑无路，柳暗花明又一村。

"奶奶，您的电话。""谁来的？""不认识，找您的。"电话里传来微弱的声音，但王文博听得很清楚，这时他心里立时有了一线希望。

"你是哪位？"温柔而苍老的声音传来，一阵激动涌上心头。他忙向老奶奶做自我介绍："老奶奶好，冒昧地给您打电话，不好意思。"

"没关系的，请问你是哪位？"老奶奶和蔼、温柔地说着。

"我是从内地来，我叫王文博。您还记得那年去青岛旅游，有一位画师为您画了一张画像，您给他留下了一张名片的事吗？"

"对对对。"老奶奶急忙回答，听得出，老奶奶非常激动与兴奋。老奶奶紧接着问："是那位画师让你来找我的，对吗？寻亲有线索了，是吗？"

老奶奶想见亲人的迫切心情让王文博又感动又内疚，他忙解释："老奶奶您听我说，我听画师讲您那次去大陆旅游，是为寻亲，但没能如愿，对吗？"

他停了下，接着说："我知道后，很理解老奶奶的心情，便借旅游机会想见老奶奶一面，想亲耳听您讲寻亲的有关情节，我愿尽最大努力帮您早日找到自己的亲人。"

看来老奶奶的记性很好，画像的一幕她记忆犹新。老奶奶讲述了当时寻亲的那段经历，至今她对画师都存有感激之情，同时也对王文博的热心表示感谢。

老奶奶邀请他去家里做客，王文博谢绝了。他跟旅游团是不能随意离开团队的，只有老奶奶来宾馆才可以，王文博表示抱歉。

激动的老奶奶决定当晚就去宾馆见他，她不在意长辈去看晚辈。她恨不得立马见到这位大陆来的热心客人，就像王文博就是她要找的亲人一样。

在王文博好说歹说的劝阻下，老奶奶才放弃当晚去的决定，改为第二天去宾馆见他。

3

老奶奶的家离宾馆不远，第二天晚上便由孙女陪伴，开车来到了胜茂酒店。孙女从后备厢里取出轮椅，小心翼翼地搀扶老奶奶从车里走出来坐到了轮椅上。

王文博第一眼就认出了老奶奶，坐在轮椅上的她，虽然脸上比画像上多了几条皱纹，仍遮挡不住当年画像上的高贵气质和温馨、可亲的面容。

王文博忙迎了上去，他热情而激动地喊了一声："老奶奶好。"忙弯下腰搂住了老奶奶，老奶奶激动得热泪盈眶，像是见到了她要找的亲人。

"我们上去吧，我住在506号房间。""嗯。"老奶奶微笑着点头。这时的孙女，像是没听到一样，她直直地盯着王文博，一副吃惊的样子。

"我们上去吧。"王文博对愣神的孙女重复着刚才说的话。"噢。"孙女应了一声，忙推轮椅，三人一起进了电梯，来到了506号房间。

房间很宽敞，王文博忙搀扶老奶奶，想让她坐在沙发上，老奶奶谢绝："不用那么麻烦，我坐在轮椅上就好了。"

他忙倒了杯热茶递到了老奶奶手中，就在老奶奶接茶杯的一刹那，他看到了老奶奶手上戴的那枚与画像上面一模一样的钻戒。

她就是画像上面的老奶奶没错了，王文博那兴奋的心情，立时涌向心头。世界很大，世界又很小。他与老奶奶的相见，真是老天的安排。

这时客房里静了下来，王文博激动之余又有一点拘束，他盼望见到老奶奶，真的见到了又不知该从哪里说起。孙女看出忙开导说："王先生，您来见奶奶，肯定有话要说，奶奶是一位温柔、随和的人，您有啥话尽管说，不要拘束。"

孙女讲话大方得体，温柔亲切。与刚才愣神的她，判若两人。

王文博拘束的情绪放松了很多，他思忖了下便说出了自己的想法："老奶奶，我这次来台湾旅游，总共七天时间。我没想旅游观光，只想借此机会听老奶奶讲寻找亲人的有关线索，好帮老奶奶早日找到亲人。"

老奶奶感动得直点头，歉意地说："你既然来到了台湾，还是要随团去景点逛一下的，如果七天的时间都花费在我的事情上面，我会心中不安的。""没关系，我就是专为此事来的。"王文博坦诚地解释着。

老奶奶略思考了下说："这样吧，白天你还是随团出去游览，晚上我来给你讲述你想要知道的事情。这样两不耽误，你看好吗？"

王文博担心地说："好是好，麻烦老奶奶天天来回跑，太辛苦老奶奶了。"

对王文博的回答，老奶奶是满意的，她忙解释："你不用担心，有茹娜照顾我呢，没事的。"

"是呀，是呀，有我呢，王先生不用担心。"这时的孙女心情轻松地忙替老奶奶补充着。

"那就多谢老奶奶和这位小妹妹了。"茹娜听到此话非常兴奋,她高兴地说:"不客气,我高兴陪奶奶来。"

她略停顿了下,不好意思地说:"既然王先生叫我小妹妹,我就叫你大哥哥了?""没问题。"

茹娜高兴地对老奶奶说:"奶奶,我有哥哥了。""好啊,好啊,我们的家庭里又多了一位成员了。"

客套话说完后,王文博便单刀直入地转入正题:"老奶奶,那年您去内陆要找的是您什么人呀?"

这时,老奶奶轻轻地叹了口气说:"要寻找失散多年的亲生女儿。""女儿?"王文博惊讶地问:"怎么会与女儿失散呢?丢失了?怎么丢失的?快讲给我听,这对寻找您女儿很重要。"

老奶奶说:"女儿不是丢失的。""那怎么会母女失散呢?"王文博自然不能理解。

老奶奶显得很伤感。王文博见状,心中不忍,忙安慰说:"老奶奶,对不起,如果我提出的问题让您为难的话,您可以不讲。"

看得出,老奶奶不愿回忆那段刻骨铭心的往事。但她又不愿辜负热心善良、跋山涉水远道而来的王文博。

她思忖了一下说:"我讲,必须要讲。女儿,是我送走的。"声音低到只有她一人才能听到,但王文博还是一字没落地听清楚了。

"送走的!为什么?"王文博急切的追问,让老奶奶无法回答，只说了句："说来话长。"便沉默下来。

　　此时的客房里静得让人透不过气来，茹娜忙安慰老奶奶："奶奶，不着急，先喝口茶。""对，老奶奶喝茶。"王文博重复着茹娜的话。茹娜望了一眼王文博，有一种心照不宣的感觉。

　　"嗯。"老奶奶喝了口茶稳了下情绪，开始讲述五十年前送走女儿的经过。

4

　　那是一个风雨交加的晚上，将军府大院里一片昏暗，瓢泼大雨声掩盖了院内一切声响，连平日里叫得最欢的蛐蛐，此时也隐藏在洞里不敢出声。

　　这时，一位衣着华贵的太太，手拿一纸阵亡通知书说话了："闺女，放手吧，谁让这孩子命苦，一出生就没有了父亲呢，认命吧，孩子。"可怜的湘怡哭着哀求说："妈咪，我家这么优越的条件，难道养不起这个孩子吗？""不是养得起、养不起的问题，人言可畏，这赫赫有名的将军府，朱将军的女儿生了私生子，在同僚面前，让他的老脸往哪儿放呀。我知道你是个有情有义的孩子，可现在人没了，你满身是嘴也说不清呀。"

　　四姨太自然忘不掉，湘怡的未婚夫张凯出征前一天，来朱府的那一幕：

　　张凯来到朱府，朱将军忙吩咐设宴款待，每次张凯来都是如此。只是今天，将军脸上多了几分严肃，张凯脸上少了几分欢乐。

将军把张凯叫到身边悄悄说："你去多陪陪湘怡吧，婉转地向她道个别。""嗯。"张凯应声走了。

张凯来到朱湘怡书房，见她正聚精会神地在作画，他趁湘怡不备，猛地从背后将她抱住了："好兴致呀，我看你在画什么？"朱湘怡猛地一惊，忙回头看："是你呀，吓死我了。"

这时的张凯，已丢掉不快的情绪，换上满脸的笑容。他的脸紧贴在湘怡的脸上说："害怕？害怕什么？害怕我会吃了你？"

说着将湘怡的脸扳过来，紧紧地吻住了她的唇。湘怡挣扎着，最终还是挣脱了，红着脸说："你干啥呀，没脸皮。"此时的张凯露出了胜利者的得意："怎么，害羞呀？""去你的。"少女的羞涩让朱湘怡扭捏起来。

张凯可不然，湘怡的羞涩不但没击退他的热情，反而更点燃了他的满怀激情。她紧搂着湘怡问："你说，我好不好？""不好，你坏！你坏！""好啊，你敢说我坏。我还没对你发过坏呢，今天我就让你知道什么是坏。"

说着伸开有力的双臂，像老鹰抓小鸡似的将湘怡抱在怀里来到了卧室的床边问："你说，我是轻轻地把你放到床上呢？还是将你狠劲地抛到床上？"

湘怡嬉笑着忙求饶："不要，都不要！""这可由不得你了。"张凯抱着湘怡原地转了一圈，既没把她放下，也没将她抛开。两人紧搂在一起，像滚雪球似的滚在了床上……

客厅里，管家问将军："老爷，请问啥时候开饭？""再等会。""是！"管家应声退下。

四姨太急了："这要等到啥时候呀，管家都问过几回了。全家人都在等他俩吃饭呢。""不急，不急，年轻人嘛，让他们尽情地聊吧，聊够了自然就过来了。"

今天朱将军的一反常态，让四姨太很是不满意。埋怨道："你今天是怎么了？平时也没见你这样纵容过他们呀。"

"父亲，妈咪，"这时，张凯和湘怡来到了他们面前。"哎哟，怎么才过来呀，全家人都在等你俩吃饭呢。你俩也该饿了吧？开饭开饭。"

又是一顿丰盛的家宴，只是今天的宴席上，少了一位常客，张凯问："马教授怎么没来？"张凯对马教授有一种别样的情感。二姨太忙说："邀请他了，是湘怡给他打的电话，他说有事不过来了。是吧，湘怡？""是的。"

朱将军说："玉涵可是个大忙人啊。"

饭罢，张凯去二姨太房里告别，细细嘱咐二姨太："表姑，最近我要出去几天。我走后，你多陪湘怡聊聊天，省得她一人寂寞。"

"知道了，看你，这还没娶进门呢，就恋恋不舍地离不开了？放心吧，有表姑呢。"张凯听后，默默不语。

"你这孩子，今天是怎么了？好像以前没出过门似的。"

二姨太嘟哝着。"没事，我随便说说。"张凯勉强地对二姨太笑了笑。

家人们将他送出大门口，张凯向朱湘怡投去了恋恋不舍的目光。二姨太看在眼里，疼在心里。

晚上躺在床上的四姨太唠叨着："今天我怎么觉得张凯不对劲，在湘怡房里半天不出来，不会出啥事吧？"

"能出啥事，不就在一起多聊了一会嘛。""一会？那也叫一会？""热恋中的年轻人，多聊一会是一会嘛。"

朱将军说着，便不自觉地吟起诗来："葡萄美酒夜光杯，欲饮琵琶马上催。醉卧沙场君莫笑，古来征战几人回。"

"你今天喝多了吧？咏这么消极的诗句。""没喝多，我清醒着呢，这就是军人的使命。"

四姨太突然感到朱将军今天也不对劲，她猛地坐起来问："你说，你们有啥事瞒着我？""没有，你别疑神疑鬼的。""不行，你得说清楚，要不然我今晚连觉都睡不着了。"

四姨太要不睡觉，他可就惨了。忙说："我说，不过你要保密！""嗯。"

朱将军轻轻叹了口气说："明天一早张凯就要奔赴战场了！这可是一场恶战那。"

"什么？！这事湘怡知道吗？""张凯不会告诉她的，这是军纪。""天那！你是将军，他父亲是督军，难道就留不下一个张凯吗？""军令如山，谁也不能违抗，我也……"他把话说了一半，又咽了回去。

"二姨太知道吗？""千万不能让她知道，这是张督军千叮咛万叮嘱的事情。"四姨太深知事态的严重性，忙点头应允。她哪里知道，第二天，朱将军也一同奔赴了战场。

不觉时针已指向 10 点多钟了，老奶奶讲得投入，已忘记了时间。王文博听得入神也忘记了时间，还是在茹娜的提醒下，结束了第一晚的讲述。

5

第二天晚上，老奶奶如约前来，接下来的故事更加令人震撼。

"哇，哇，哇……"新生儿的哭声让四姨太焦躁不安。只见她来回踱着步，突然她停在张妈面前："张妈，您倒是想个法子呀。"

张妈看了一眼朱湘怡，又看了一眼孩子，然后对四姨太说："太太，要想对此事保密得严谨，只能让孩子离开北平，送的地方越远越好。""没错，没错。"四姨太答应着。

接下来四姨太为难地说："这也得有个人家送呀？再说了，还要找个可靠的人家才放心，是吧？"这时的四姨太，脑子里一团乱麻，啥办法也想不出来。

最终还是张妈提醒，把孩子送往青岛，交给马教授家暂且抚养。四姨太听后，紧锁的眉头由此舒展开来。当前，这是最好的安排了。

可马教授已调离北平快一年了，怎么能在最短的时间里告知他把孩子接走呢？这又是一难题。无奈之下，张妈便自告奋勇，由她亲自把孩子送去青岛交给马教授。

四姨太担心地说："好是好，张妈您终归年龄大了，又没去过青岛，一人带着孩子，能行吗？要不然，让小翠跟您一块去？"四姨太的好意被张妈拒绝了："不用，这件事知道的人越少越好。"

张妈清楚，湘怡的名声更重要，少一个人知道，就等于少了一份对湘怡的伤害。四姨太看到张妈对朱家的忠诚，从心里感激："张妈，谢谢您，真是太谢谢您了。"

"太太不用客气，我是朱府的老人了，平时太太也没少照顾我，我为朱府出点力是应该的。"

张妈的举动让朱湘怡好生感动，她清楚，张妈今天的决定，不是为了朱府，而是为了她朱湘怡。在朱府，没有人比张妈更了解她了，她抱住张妈哭着说："张妈，谢谢您，我一辈子也忘不了您为我做的一切。"

"看你说的，你就安心在家等我的消息吧，孩子我一定会安全送到马教授手里的。"她又转身对四姨太说："您去安排车吧，让徐师傅把车开到前门口等我。"

"好，我这就去安排。"四姨太走了。

张妈忙给孩子打包，亲骨肉即将分离，朱湘怡哭得像泪人似的。孩子包好，张妈问："小姐，你是否给孩子留个信物，将来也好有相认的那一天。"

心慌意乱的朱湘怡哪里想到这些，她傻傻地自语着："给啥信物好呀？"张妈忙解释："最心爱的，并便于保存的物件。""那是什么？是什么？张妈，您快说呀，那是什么物件？"看来她真是傻了。

张妈只好提醒她说："就把你手上的钻戒留给孩子吧。""好，好，就这个，就这个。"说着，见她手忙脚乱

地将钻戒摘下来给了张妈，张妈接过钻戒，将它塞进了襁褓
中，自语道："孩子，将来母亲能找到你，就靠这枚钻戒了，
你一定要把它保存好。"

虽然婴儿还听不懂大人的话，但张妈还是希望这话能心
有灵犀地灌输到孩子的心里去。

这时的朱湘怡，神情木讷，呆似木偶。

四姨太回来了，她告诉张妈："车安排好了，就在大门
外候着呢。"

"嗯。"张妈答应着，忙将婴儿交给湘怡说："小姐，你
再看孩子最后一眼吧。"湘怡将孩子紧紧抱在怀里，把脸贴
在孩子的小脸蛋上呜呜地哭起来。可怜的孩子，她怎会知道，
今后永远见不到自己的亲生母亲了。

"好了，把孩子给我吧，再耽搁就误上火车了。"张妈把
孩子接过来，放在装有奶粉、水壶等日用品的大食品提盒里，
带上马教授家的通讯地址，往大门口走去。

来到大门口，四姨太嘱咐张妈："早去早回，见到马教
授替我家老爷问他们全家好。""知道了，太太，请回吧。"

小车直奔火车站，张妈问司机："到车站要多少分钟？
误不了赶火车吧？""误不了，离着近，十分钟就到了。""噢。"
张妈是在担心着提盒里的婴儿。

司机徐师傅也是朱府的老人了，自然清楚朱将军与马家
的深厚交情，感慨地说："提这么大提盒去马家，礼物不轻呀。"

"是呀，马教授离开北平快一年了，北平的特产就很难吃
到了。朱将军便吩咐让人准备了各种各样马教授喜欢吃的，

让我送过去。"

"朱将军真是有恩必报的重情重义之人那。""是啊。"

老奶奶讲到这里，王文博岔开了话题："老奶奶，刚才您提到留给孩子的那枚钻戒，是和您现在手上戴的钻戒一样的，对吗？""是的，一模一样。"

王文博的问话提醒了老奶奶，忙解释："噢，有一点我还漏讲了，我手上的这枚钻戒和留给孩子的钻戒是一对情侣戒，是父亲为我打制的陪嫁，也是在我20岁生日那天父亲送我的生日礼物。

父亲将其中的一枚钻戒戴在我的手上说："你将那一枚钻戒保存好，等结婚那天，你要亲手将它戴到新婚丈夫的手上。"

"噢，我明白了，留给孩子的那枚钻戒，是将军给你戴在手上的那一枚。现在你手上戴的这枚钻戒，是将军让你保存的那一枚。""没错，是这样的。"

王文博深有感触地说："真是可怜天下父母心，当时将军想得多周到呀。"

不觉，又到了老奶奶告辞的时间了，王文博意犹未尽地与老奶奶相约明晚接着讲。

6

张妈赶上了列车，一路来到青岛，下车后，就按照信封上面的地址向人打听，结果下火车的多数人都是外地的，没人知道。

她不时地揭开食盒盖子，看看睡在大食盒里的婴儿，然后继续打听。当车站里的人都走光了时，张妈和新生儿还留在车站。

她无处可去，只能先来到了候车室找了个位子坐下来。她忙把婴儿抱出来，还好，刚出生的婴儿整天就知道睡觉。无论怎么折腾也还是在睡。

张妈冲好奶粉准备给孩子喂奶，这时，见到一位四十多岁、身穿蓝色制服的人从她面前经过，她忙喊住了人家，讲述了来青岛找亲戚的经过。

还好，那人是这里的站长，张妈把信封拿给他看，站长看后摇头说："你带着一个孩子要去蒙古路，太远了，没让家里人来接你吗？"

"没有，站长，走得急，没来得及告诉他。""那怎么办？你知道他在哪共事吗？""知道，知道，他在山东大学教书。"

听到这消息，站长松了口气说："这就简单了，山东大学离这里不算远，在鱼山路，很有名气的一所大学。你雇辆黄包车，他会直接送您去学校。"站长又抬手看了看手腕上的表："还好，现在还没放学呢，赶到那里还误不了事。"

张妈那紧张的心情总算缓和下来。她忙向站长道谢："站长，谢谢您，谢谢您。""不客气，快去吧。"

张妈坐黄包车直接来到了山东大学校门口，她急切地盼望学校早点放学。不多会，见学生们成群结队地走出来了，她微微松了口气。

又见后面走出来两位老师模样的人，张妈忙上前询问："请问老师，马教授下课了吗？""都下课了，一会就出来了。""谢谢！"

等了一小会，马教授出来了，张妈喜出望外，忙喊了声："马教授。"马教授先是一愣，张妈忙走上前："马教授，是我呀，张妈。"

马教授简直不敢相信眼前的一切，忙问："张妈，怎么会是您？来时怎么也不写信告知一声。"当马教授看到张妈怀里还抱着一个婴儿时，忙问："张妈，这孩子是……""我先不给你说那么多了，一句话，四姨太让我把小姐的孩子暂且送你这里抚养，过些时候再接回去。"

马教授见张妈一脸严肃，便不多问，只说了句："那咱们一起回家吧。""不了，家里就不去了。一是我去多有不便，二是我还要赶当晚的火车回去，早回去，让小姐早点放心。"

马教授为难地说："总得吃了饭再走吧？赶几点的火车？""十点半的。"

马教授看了下手表说："还好，时间还早呢，我送您去车站，在车站附近饭馆凑合着吃个饭吧。""那也行。"两人便雇了黄包车，一起去了火车站。

吃过饭后，两人来到了候车室，张妈嘱咐马教授："您千万记住，襁褓里的钻戒，是小姐留给孩子的信物，将来以此物母女相认，千万要保存好了。""放心吧，张妈。"

进站的铃声响了，马教授陪张妈进了站。她亲了一下襁褓中的婴儿，便上了火车。

上车后，她又不放心地探出头来交代说："记住给小姐写信，别让她挂念。""知道了。"

一路陪伴孩子走来，要分离了，张妈心里酸酸的。她一直将头探出车窗外，看着马教授怀抱婴儿，站在月光下默默地目送火车远去……

老奶奶讲到这里略停了下，然后又接着讲："马教授接到孩子后，再没有回过北平。开始只在信中谈到孩子很好，请放心，不要挂念等。再后来，突然就没有音信了。"

马教授的消失，让朱湘怡痛苦万分，孩子，连她名字都不知道的亲生女儿，她究竟在哪儿？讲到这儿，老奶奶脸上挂满了泪痕。

茹娜赶紧安慰老奶奶："奶奶，您别难过，兴许这次王先生能替您老找到。""但愿吧。"

"老奶奶，除了那枚钻戒外，您还有其他什么能证明孩子身份的物件吗？"老奶奶摇头："没有了，因当时走得太匆忙了。"

"那您就没再去青岛找一找吗？""我和张妈去找过，先去了山东大学，校方说他早就不来学校了，究竟去了哪里，校方也不清楚。因是在战乱时期，邻里百姓都各奔东西，没有人知道他去了哪儿。"

伤感又一次浮现在了老奶奶的脸上，茹娜心疼地说："奶奶，今天就先到这儿吧，反正明天还有时间呢。""嗯。"

7

王文博的台湾之旅马上就要结束了，明天一早，他就要乘游轮回大陆了，今晚是老奶奶给他讲述的最后一个晚上了，王文博抓紧向老奶奶提问。

"老奶奶，你在北平，怎么又来台湾了呢？""随军转移。"老奶奶回忆着：

1948 年，中华人民共和国成立前夕，国民党战事节节败退，眼看在大陆没有立足之地。蒋介石下令，将副营级以上，上尉以上军衔的家眷全部随军撤离北平奔赴台湾。

实际上，所有家眷是提前撤离北平去台湾的。军令如山，如有不从者，就地处罚。

当时蒋介石先转移家眷，目的只有一个，就是拿家眷作为人质，好让部下死心塌地跟他走，保存自己的实力，为今后的"反攻"做准备。

老奶奶痛苦地说："自此，这一海之隔，我只能翘首相望，无缘再去青岛寻找我的女儿了。事隔三十多年后，才有望重返内地，我急忙去青岛再次寻找马教授和我的女儿，可惜没能如愿。"

王文博问："就是画师为您画像的那一次对吧？""嗯"，老奶奶点点头。"为什么不通过官方寻找呢？""问过了，原先的旧址早已拆迁，多方联系马教授的名字，都查无此人。孩子的名字我又不知道，寻找的线索太少了，官方也没有办法解决。""也是。"王文博也觉得无奈。

王文博的询问到此告一段落，因第二天一早就要启程。

临走时，老奶奶依依不舍地说："孩子，无论是否能找到我的女儿，我都感谢你的这份热心，我希望今后能常保持联系。"

"老奶奶，您放心，我会经常与您联系的，会尽最大努力帮您找到亲人的。只要找到，我会第一时间告知老奶奶。"老奶奶含泪点头："谢谢！谢谢！"。

然后对茹娜说："快把准备好的礼物让王先生带上。"茹娜应了声，忙从提兜里把一包东西拿了出来，说："这是老奶奶给您准备的台湾特产，王先生，不！大哥哥，这是奶奶的一点心意，请收下。"

王文博内疚地说："你看，来时匆忙，又怕联系不上，也没给老奶奶带什么礼物，老奶奶送我礼物，我受之有愧呀。""孩子，咱俩有缘才有今天的相见，我心里已把你当成自家的孩子了，你就不用客气了。"王文博内疚地说："谢谢老奶奶，下次来一定给您带礼物。"

王文博给老奶奶单独拍了照，又拍了三人照，这才送老奶奶下楼。

下楼后，老奶奶紧握着王文博的手恋恋不舍。此时的王文博，被老奶奶的情绪所感动，觉得心里酸酸的，他强忍着没让眼泪流出来。忙安慰老奶奶说："老奶奶，好好保重，您就把我当成您的孙子好了，今后我会再来看您的。"

"嗯，嗯，从今天起，你就是我的亲孙子！"老奶奶含泪走了。

第二天，王文博随游客们上了船，像来时一样，一个人站在甲板上，思绪万千。他没有像来时那样激动与兴奋，他感到的是责任，像是千斤重担压在了他的肩头。

他看到了老奶奶寻找亲人的那种执着，他心疼老奶奶思念亲人的痛苦与折磨。老奶奶呀，如果我是你要找的亲人该有多好啊。真是如此，您就不会再受思念的痛苦折磨了。

"到了，到了。"导游的喊声和游客们的骚动打断了王文博的思绪，他随众人下了船。重新踏上家乡的土地，备感亲切与眷恋。海风吹来，情绪好了许多。

8

"爸爸，您回来了，想死我了。"天真烂漫的女儿说着便扑到了爸爸的怀里。王文博忙抱起女儿亲着她那圆嘟嘟的小脸蛋说："宝贝，爸爸也想你呀。""看把你俩高兴的，这才离开几天呀。"妻子微笑着嘟哝。"你懂吗，这才叫父女情深呢。"妻子不服气地说："我不懂，就你爷俩懂。"

晚饭好了，是母亲做的三鲜面。这是母亲的老习惯，说什么滚蛋饺子迎亲面，送客人要吃饺子。家人外出回来，或客人进门的头一顿饭，必须要吃面，说是山东习俗，老一辈传下来的。

全家人坐下来吃饭，饭虽简单，全家人坐在一起，总是高高兴兴的。"爸爸，您给我带礼物了吗？""带了，哪能忘了给宝贝带礼物呀。"

　　回答完后，王文博感觉不对味："好啊，宝贝，原来你想的不是爸爸，想的是爸爸的礼物呀。"女儿忙解释："不是，不是，我想爸爸。"然后不好意思地说："不过，也想你给我带的礼物。"

　　"哈哈哈……"女儿的话，逗得三个大人笑起来，尤其是母亲，满脸笑开了花。

　　全家其乐融融，尤其是母亲，她真是美在心里，喜在脸上。

　　这时，王文博不由得想起了将近七十岁的老奶奶，她孤零零一个人，整天在思念亲人的痛苦中生活着，要不是有个茹娜陪着她，该有多孤独呀？想起这些，他的情绪低落下来。

　　细心的母亲看到了儿子情绪的微妙变化，便问："儿子，这次去台湾见到那位老奶奶了吗？""见到了。""真的？！"妻子感觉不可思议。

　　"那位老奶奶，真是你要找的那位？没张冠李戴吧？"母亲担心地问着。

　　"是那位老奶奶，没错。"王文博肯定地回答。妻子忙插话："见到了多不容易啊，是好事呀，你怎么不高兴似的？"妻子也发现了丈夫的情绪有些低落。

　　王文博沉默了半天才开口："我听她讲了失散五十年的女儿至今没有下落，看到她那痛苦的样子，我的心里就难受。尤其是看到咱们家老少三代在一起，这其乐融融的欢乐氛围，便想起孤苦伶仃的老奶奶来。她，太可怜了。"

　　"是呀，远离大陆，隔海相望。无依无靠，真的很可怜。"

王文博与母亲的一席话，使得妻子也陷入了同情中。

母亲关切地问着："那，你没问孩子丢失的有关线索吗？""问了，她的线索太少了，就凭一枚钻戒想找到失散五十年的女儿，如同大海捞针。"

"我吃饱了，我去看爸爸给我带的啥礼物。""甜甜，吃得太少了，再吃点呀。"母亲着急地喊着，孩子哪管这些，早跑了。

一会，她抱着一大堆东西过来了，"哎呀，你看看，怎么都拿过来了？"母亲嚷嚷着。

奶奶的话，孙女像没听见一样，她将怀里的东西一股脑儿放到餐桌上，一样一样的看起来："这个玩具好，我喜欢，还有这个也好。咦，这包里是什么呀？"

王文博歪头看了下："这是老奶奶送的台湾特产。""老奶奶还送你礼物了，真是的，去时咱也没给人家带点啥。"母亲从心里感到过意不去。

饭吃完了，妻子忙将桌子收拾利索，倒头来问丈夫："照相了吗？""照了，哪能不照呀。""有那老奶奶的吗？""有，还一起拍了好几张呢。""快让我看看。"妻子忙接过丈夫的手机。

看后，很欣赏地说："多有气质的老奶奶呀，妈，你快来看。"母亲这时正在厨房里洗涮呢，"知道了，你们先看，我收拾好了再看。"

母亲把厨房里的活收拾利索过来了，她接过手机看了一张又一张，嘴里不住地赞叹着老奶奶的气质和风度。当她看到老奶奶的单人照时，眼神不由得愣住了。

"妈，您看这老奶奶有多大年龄了？"媳妇的问话，母亲像是没听见，她专心致志地盯着那张照片。

要说母亲盯的是那张照片，倒不如说，她盯的是照片上老奶奶手上的那枚钻戒。此时母亲的心里，翻江倒海。

9

儿子他们都已进入了梦乡，母亲却仍没有睡意，她回忆着照片上面老奶奶手上戴着的钻戒，她一次次地确定，又一次次地推翻了："难道真会有这么巧合的事？"她难以相信这一切。

五十年了，多么漫长的时间，又相隔海峡两岸。可她没有看错，真的是一模一样。那枚钻戒虽然几十年了她都没有再看过，但那铮铮闪亮的钻戒，在她心中仍闪着光。

那是一颗母亲的心，她虽然自始至终不知道自己的亲生母亲是谁，更不知她在哪儿。可她相信，母亲那颗金子般的心永远在闪光，永远在朝着自己的身边靠拢。

她终于耐不住了，翻身起床，翻箱倒柜地找出了那枚让她压在箱底几十年的钻戒。她看着手里的钻戒，想起了母亲临终前交给她这枚钻戒时的一幕：

"这枚钻戒是你大舅给你的，就连当年见到家里有什么卖什么的父亲，也没敢把它变卖掉。你大舅交代过，将来把它交给你。"

她感到吃惊，问："为什么要给我？而不是哥哥？"

母亲并不为她的吃惊而感到意外，继续说下去："你不要问为什么，只管把它保管好就行了，等台湾有了消息，你就会知道这枚钻戒的秘密了。"

这枚钻戒曾经让她迷茫过、期盼过、失望过，并给她带来了多少个不眠之夜。如今，钻戒的谜底即将揭晓。

当母亲去世后，她看着这枚孤独的钻戒，知道了自己是一个孤儿。为此，不知流了多少眼泪。今天再次看到它，眼泪又不知不觉地流了下来，泪水滴落在闪闪发亮的钻戒上。

"笃，笃，笃。"儿子的门被敲响。"谁呀，这深更半夜的。""还能有谁，儿子快起来，妈有事跟你说。""啥事不能明天再说呀。""妈等不到明天了，快起来。""噢。"儿子有些不情愿地穿着睡衣走出了卧室。

一出卧室，便与母亲撞了个满怀："哎哟妈，你怎么站那儿不动呀，吓人一跳。"母亲没在意儿子的埋怨，忙说："妈有要紧事给你说。"

"妈，你真是的，啥事不能等明天再说呀。"儿子仍重复着刚才说的话。"妈等不到明天了，妈让你看样东西。"母亲亮出了那枚闪闪发亮的钻戒。

王文博看后，惊得眼睛比钻戒都亮。"妈，这是从哪里冒出来的？""你不要问这些，你仔细看。"

母亲把儿子拉到了灯下面，"你看仔细了，这枚钻戒和老奶奶手上的那枚一样不一样？""太一样了，老奶奶说那是一对一模一样的情侣戒。"

当儿子看到这枚钻戒后，自责地说："我怎么这么傻呢，当时怎么就没想起来呢？""什么没想起来？"母亲让儿子那莫名其妙的话搞糊涂了。

王文博看着手里的钻戒问母亲："妈，你还记得不，有一年你在翻箱倒柜地找东西，我看到了一只很精致的小盒，感到好奇便打开看，发现了这枚钻戒，问：'妈，这戒指真漂亮，你怎么不带？''小孩子家，别乱动大人的东西。'您说着从我手里拿了过去，原封不动装进那盒里去了。"

母亲迷茫了："有这事吗？""有，那会我还上小学呢。自此我再没见到这枚戒指，后来就把这事给忘了。难怪我看到画像上面老奶奶戴的钻戒，会有一种似曾相识的印象呢。""净在这胡说，忘了还有印象呀。""您不信问我媳妇呀。"

媳妇听后忙问："啥事问我呀？"她一边说着一边从卧室里出来了。

"哎哟，看我，一大早把你俩都吵醒了。""没有，妈，都6点了，该起床了。"王文博忙把手伸到妻子眼下："你看，这是什么？""这不是戒指嘛，是从台湾买来的？给妈买的还是给我买的？"妻子幽默地逗着丈夫。

"不是买的，是妈的老古董。"他看妻子一脸茫然的样子，接着说："记得我曾经对你说过，画像上的钻戒我有一种很熟悉的感觉。""对，我当时还挖苦你，'你不会是看到人家的钻戒起贪心了吧。'""对对，妈，看我说的没错吧？""真是这样呀。"母亲难以置信，事情竟然这般凑巧！

当媳妇知道这枚钻戒的来龙去脉后，感慨地说："这可真是，'踏破铁鞋无觅处，得来全不费工夫'呀。文博，我说得对吗？"丈夫忙应和："对对，说得太对了。"

10

"叮铃铃……"电话铃声响了，茹娜忙接电话："喂，哪位？""是茹娜吗？我是王文博，你的大哥哥。""真的是您呀，大哥哥？""是我，没错。"

茹娜万分激动，忙说："奶奶盼你的电话，饭都吃不下，觉都睡不着了，生怕您走后再无音信了。""哪能呢？"

王文博心里酸酸的，可怜的老奶奶，她是多么需要亲人啊！

"茹娜，你快让老奶奶接电话。""好的，好的。奶奶，王先生的电话。不，是大哥哥的电话。"老奶奶忙接过茹娜手里的电话，话筒在老奶奶手里不停地抖动。

她忙问："孩子，是你吗？真的是你吗？""是我，老奶奶，是我。""这么快就来电话了，真是个懂事的孩子。你可知道我盼你的电话有多心急吗？"老奶奶说话的声音在颤抖。

"知道，老奶奶，茹娜已给我说了。真对不起，让您着急了。""不，这不是你的错，你能理解我吗？孩子。"

"能理解，绝对能！老奶奶，今来电话告诉你一件天大的好事。""啥好事？找到我的女儿了？"

老奶奶知道不会这么快，听到电话里王文博那高兴劲，也就幽默了一把，缓和一下自己激动的情绪。

王文博说："哪有那么快呀，不过，这也是一件准让您高兴得睡不着觉的好事。""有吗？""是真的。""那就快说，别让我着急。""您不想猜一猜呀。"老奶奶迫不及待地说："你这孩子，考我呀。快说！"

王文博怕老奶奶着急，便不再逗老奶奶了。他兴奋地说："您说的那枚情侣戒我看到了。""你看到了？！在哪看到的？""在……"母亲在旁直摇头，示意不让他说。

"喂，快说呀，怎么不说话了？"王文博忙又看了一眼母亲，母亲仍摇头。他便支支吾吾地说："老奶奶，是这样的，钻戒我是看到了，千真万确。只是主人暂时没在我这里。"

"没在没关系，你告诉我她是个什么样的人？有多大年龄了？"母亲小声说："等见面再说。"

王文博忙向老奶奶解释："老奶奶，在电话里说不清楚，等以后见了面再说，好吗？"

他怕老奶奶再追问下去，便不敢与她多聊，忙说："老奶奶，就先聊到这里，挂了。"王文博忙挂断了电话。

挂了电话，他便埋怨起母亲来："为什么不告诉老奶奶真情呀。"

"你懂什么，五十年的变化有多大呀，你怎么敢肯定我这枚钻戒，就是她说的那对情侣戒呢？""我敢保证，您这一枚和她手上戴的那一枚一模一样。""一样的东西多着呢。"

"您不也是看过照片吗？""照片和实物还是有差别的。"儿子不悦地说："您就那么不相信你的儿子呀。""不是不信你，事关重大，马虎不得。""那您说该咋办？好不容易有点线索了，你又……"

　　王文博知道自己不该埋怨母亲，母亲是一个办事很稳妥的人。如果真像母亲担心的，不是真的情侣戒，那不是又一次让老奶奶失望？更重要的是，年近七旬的老奶奶，她还能经受住再次打击吗？

　　第二天，儿子、媳妇都上班了，孙女也去了幼儿园。母亲一人在家静静地思考钻戒的事，哥哥临终的嘱咐在耳边响起："我不是你的亲哥哥，母亲也不是你的亲娘。""等台湾有了消息，你就会知道这枚钻戒的秘密了。""大舅是最了解你身世的人了，我只是从母亲那里知道了这些。"

　　这些话语，反复在她的脑海里出现，凭老奶奶手上的那枚钻戒，就能说明她是我的亲生母亲？这是不是有点太巧合、太离奇！五十年了，半个世纪都快过去了啊。

　　如果是大舅告诉她这件事，她绝不怀疑，可大舅在哪儿？他在哪儿呀！

　　崔月兰考虑再三，决定去台湾一趟，亲眼看一下老奶奶手里的那枚钻戒。

　　"妈，你真考虑好了要一人去台湾？是否让我陪你一起去？""不用，我自己出去旅游多少次了，你们谁陪过我了。"

　　只是去台湾这还是第一次，这不能不让王文博担心，但母亲已决定，也只能如此。

11

　　母亲也是借旅游名义去台湾的，临走前，王文博电话里告诉了老奶奶船的班次，等到了台湾住下后，再电话联系。

王文博开车把母亲送到青岛大港候船室，再三嘱咐："妈，您见到老奶奶，无论事实如何，你都要多多安慰她。千万不能伤了老奶奶，她太可怜了。""嗯，我知道，你放心吧。"

"上船了——"导游招呼着各自的游客。"你回吧，妈没事。"王文博还是不放心："不急，我看您进去了再回。"

崔月兰来到了船上，她没有其他游客们那么高的兴致，她没去甲板上看海景，一人透过圆形小窗，眼望着茫茫的大海出神。

她不知道自己手中的钻戒，是否和老奶奶手上的钻戒是一对，更不敢奢望由此能找到离别五十年的亲生母亲。她此时的心，如同大海里的波涛一样不能平静。

"下船了，下船了。"导游招呼着游客们，崔月兰同大伙一起下了船。当她走出港口时，便发现在不远处有一姑娘手推轮椅，上面坐着一位老奶奶，她手里举着一块写着崔月兰三个大字的牌子。

她稳了下神，慢慢走到了老奶奶面前来："老人家，您是接大陆来的崔月兰，对吗？"老奶奶忙答："是呀是呀。"

这时，崔月兰从提包里拿出了手机，让老太太看她与儿子的合影。

"是的，是的，没错，茹娜你看。"老太太忙把手机递给了推轮椅的姑娘。"没错，奶奶。"老太太非常激动，猛地站起来，抓住她的手，语无伦次地说："我，我，我这是第二次见到大陆来的亲人了！"

母亲同样激动，她忙扶住老奶奶说："老人家你快坐下。"说完，忙搀扶老奶奶坐回到轮椅上。"老人家，我见到您同样很高兴，但我们只能暂且分手，等我到了宾馆后，再与您电话联系。"

"好的，好的。"老奶奶坐在轮椅上，微笑着挥手，望着她随游客们远去……

到了宾馆，她急忙给老奶奶去电话，和儿子那次一样，约好由老奶奶来宾馆见面。只是这次老奶奶没有等到第二天，当晚就来到了她下榻的宾馆。

老奶奶手上的钻戒，自然让崔月兰很吃惊，但她还是稳住情绪将自己的钻戒从提箱里拿了出来，她小心翼翼地从首饰盒里拿出了那枚保存几十年的钻戒。她放到老奶奶的手里问："老人家您看，这是那枚情侣戒吗？"

老奶奶接过钻戒，忙又将自己的钻戒摘下，两枚放在手心里比对，茹娜不由得惊叹起来："哇，真是一模一样！"

老奶奶说："这对情侣戒是我父亲专门去上海老字号金店打制的。不但戒指的黄金要上乘，镶嵌钻石的白金，都必须是上乘。你俩看，镶嵌钻石的石榴状白金底座，是不是上等成色？"

对于珠宝之类，崔月兰并不懂，自然看不出成色好坏，但她看后还是礼貌地点头。

茹娜惊讶地说："做一对情侣戒这么复杂呀，要黄金，白金，钻石。""还有更复杂的呢。"老奶奶继续说："钻戒上刻有金店名号，打制年月，名字。"

　　老奶奶说完将钻戒递给崔月兰："你看，你的钻戒内侧，刻有啥字？"

　　老奶奶一番话，使崔月兰惭愧不已，钻戒在她手里几十年，从没想到钻戒里面还刻有字。她忙拿在手里认真地看起来，里面不但有金店名号，还清楚地记载着时间：一九二七年，湘。

　　"一九二七年？这么早呀！"崔月兰感到惊讶。

　　老奶奶解释："我是一九二七年出生的，父亲为庆贺我这棵独苗的降临，专为我打制了这对情侣戒，作为今后的陪嫁。"

　　老奶奶又让她看自己的那枚，果然有同样的字样，但老奶奶那枚刻的字是"怡"。

　　茹娜忙接过来看，看后惊讶地说："奶奶，阿姨那枚上面刻的字是'湘'字，奶奶您这枚上面刻的是'怡'字，两枚戒指上面的字合起来，'湘怡'便是奶奶的名字对吗？"奶奶忙夸奖："茹娜真聪明。"

　　这般说来，果然是情侣戒无可置疑。

　　崔月兰手拿着钻戒低头不语，她的心情错综复杂。老奶奶看出了崔月兰的心思，温柔地说："孩子，我知道你现在心里很矛盾，一时还不能相信这一切，但我不着急让你认我这位母亲，因为当年我确实对不住你，孩子。"老奶奶老泪纵横。

　　崔月兰忙解释："老人家，不是您想的那样，我想把当年发生的事情，知道得更详细些。"

老奶奶忙点头:"孩子,我理解你,在这几天的时间里,我会告诉你一切的。这些,都是你应该知道的。"

12

第二天,崔月兰没有跟团去旅游,她静静地在客房里等老奶奶来,老奶奶如约前来。她首先,从自己的手提袋里拿出了一封信递给崔月兰。

崔月兰默默地接过她手中的那封已经很旧,但仍很平整的信。信的内容很简单,是一首七言绝句:

前世姻缘今湘怡,

师生兄妹情依依。

魂牵西厢秋风冽,

月下潇湘惜别离。

"这是……"崔月兰问。老奶奶说:"我接到马教授的这封信后,便给他回了信。可信被退回来了,自此音讯全无,这便成了他给我写的最后一封信了。"说到这里,老奶奶很伤感。

"老人家,您可知道,诗里面的潇湘是啥含义?"老奶奶摇头说:"不知道,为此我曾写信问过他,就是退回来的那封信。你看。"说着,从提袋里又拿出了第二封信,虽时隔几十年,信仍保存完好。崔月兰忙打开信,是老奶奶回复的一首七言绝句:

前世姻缘已别惜,

今世相聚两依依。

魂牵西厢一场梦，

未知潇湘是何意？

崔月兰低声说："潇湘是我的名字。"老奶奶听后吃惊地问："你的名字不是崔月兰吗？""那是我的学名，乳名就叫潇湘，还是当年大舅给我起的呢。"

老奶奶听后很是激动，感叹说："我真糊涂呀，当时怎么就没想到"潇湘"二字会是孩子的名字呢？致使当年因我无法提供孩子的姓名，官方也无法帮我查找。如当时知道你的乳名，兴许会早一天找到你，不至于拖到今天。我真是该死，我老糊涂哇！"老奶奶深感遗憾并后悔莫及。

崔月兰忙上前安慰老奶奶，"老人家，莫后悔自责，现在知道也不晚呀，咱们这不是相见了吗？"老奶奶欣慰地点头。

崔月兰不敢相信这眼前的一切，更不可想象老奶奶思念亲生女儿五十年的痛苦煎熬。她为了寻找失散的女儿，竟超出了常人难有的坚忍、执着。她过着度日如年的日子竟长达五十年。老奶奶的那颗寻女之心，早已伤痕累累，千疮百孔了。

崔月兰不忍心再看老奶奶继续痛苦下去了，她要将她那流血的伤口抚平，用她的爱，来浇灌那颗即将干枯的心！她深情地喊了一声："妈——妈——！"抱着老奶奶失声大哭。

两个老人哭成了一团，身边的茹娜也被她们的辛酸故事感动得泪人似的了。但她还是抑制住自己，忙上前安慰说："奶奶、阿姨，你俩都别难过了，今天母女相见，这是天大的喜事，该高兴才是啊！"

老奶奶安慰女儿说："孩子别哭了，分别五十年，今天竟能母女相见，这是老天给咱俩的机会。茹娜说得对，这是喜事，该高兴才是 。我今天不走了，咱娘俩要彻夜长谈，我要讲述这五十年来发生的所有事情。这些，都是你应该知道的。"

说完，忙交代茹娜说："茹娜，你去服务台办一下缴费手续，让我和你阿姨住一个房间。""好，我这就去办。"一会工夫，茹娜回来了，说："奶奶、阿姨，一切手续都续办妥了，服务员一会就来给调换双人房间。"

茹娜帮她俩搬到新房间后，便要回家了，说 ："奶奶、阿姨，你俩就好好叙叙吧。"

出门后又折回来说："有事就电话联系我。"奶奶心疼地说："去吧，去吧，看你这孩子操心的。"

茹娜摇手告别："奶奶再见！阿姨再见！"崔月兰回应："茹娜再见！"然后夸奖说："真是个好孩子。"

茹娜走了，老奶奶语重心长地说："这些年来，多亏有了茹娜陪伴在我身边，要没有她，我可能活不到今天。"

13

夜已很深了，老奶奶和崔月兰已谈了很多很多，其中就谈到了茹娜。茹娜的事，要从老奶奶十年前回内地寻亲开始讲起。

在这之前，老奶奶家人都一个个相继去世，老奶奶便一人过着孤独、寂寞的日子。她能有信心坚持活下去，是因为她有一个坚定的目标。那就是，张妈临终前给她留下的一句话："你一定能找到自己亲生女儿的。"

自去内地寻亲无望，张妈的话便在她心中动摇了。回到台湾，极度的痛苦与悲伤伴随着她。她失去了生活的希望，孤独让她感到了生活的苦涩。

她不想再一人孤独地生活在这个无依无靠、无亲人的世界里。她——想到了死！她常一人来到海边，看着巨浪拍打着礁石发呆。

那是一个阴雨连绵的早晨，整个海滩空无一人，老奶奶只身孤独地站在海边，满怀忧伤的她，望着茫茫的大海自语："巨浪！你为什么只打到那块礁石上就退却了呢？为什么不来得更凶猛、更激烈些！那样，就会把我吞没，让我一了百了。"

老奶奶自语完，便向那礁石走去……

她慢慢走在通向礁石的沙滩上。这时，她发现了一只小船慢慢地、慢慢地由大海深处向岸边飘来。

老奶奶停住了脚步，目光呆滞地注视着那只小船。船上没有人摇橹划船，但像是有个人躺在船上面。小船像一片落叶随波涛起伏飘荡，这无人操纵的小船，它将要飘向何方……

老奶奶想着，又一次看向那小船。船上有人，为什么要让小船随意漂泊？老奶奶疑惑地停下脚步，看着那只随波涛漂浮的小船……

一会，小船被海浪推到了礁石边，一会又被海浪带回到大海里。船上躺着的人仍一动不动，毫无声息地躺在小船上。

一次次的海浪击打让小船面临触礁的危险，老奶奶不由得担心起来，疾步向礁石走去。

等她赶到礁石跟前时，见小船已底朝天地漂在海面上了，她担心的事终于发生了。她忙仔细地巡视着礁石周围的海面，发现一姑娘，像睡着了似的正随巨浪一上一下地在海里沉浮。

老奶奶忙登上礁石，伸手去拉那姑娘，但几次都落空。没办法，老奶奶便手扶着礁石，慢慢下到了水里。

当下到齐腰深的水里面时，老奶奶一只手抓住礁石，另一只手去抓海浪中的姑娘。因巨浪太猛，反复几次都已失败。这时的老奶奶，已经没有力气了。

当她再次看到漂浮在水里的姑娘时，她无论如何也不能放弃，那是一条年轻的生命呀！一阵猛浪冲过来，瞬间她竟然抓住了姑娘衣服的一角。她不敢盲动，喘息片刻，便拼命地将那姑娘往礁石上拉。

等老奶奶把姑娘拉上礁石后，她再也没有力气了。她和那姑娘一同趴在礁石上面，任凭海浪一次次打来。

不知多少次的海浪击打，姑娘先苏醒了。她看到了礁石上趴着的老奶奶，是她！是老奶奶救了我？！她忙伸手摇动老奶奶，这时的老奶奶，已经没有任何反应了。

她万般自责，大声喊："老奶奶，老奶奶！您不能死。您死了，我会遭雷劈的。"她爬到了老奶奶身边，使尽全身力气，将老奶奶拉到了自己的背上来。

她驮着老奶奶，拼命地往沙滩上爬去……沙滩上，两人像死人般静静地躺在上面。不知过去多久，她听到了老奶奶的呻吟声。

　　姑娘哭了，她挪到老奶奶身边，硬撑着将老奶奶搂在自己的怀里，哭着说："老奶奶您醒了？我对不起您，我再也不要死了。"

　　老奶奶含糊地说："我们脱离危险了？我俩都还活着，对吗？""对！对！我们都还活着！"她与老奶奶紧紧地，紧紧地搂在了一起。

　　回到老奶奶家，姑娘道出了自己的不幸，她曾经有一个很温馨的家，新婚的夫妇过着如胶似漆的甜蜜生活。她真觉着，她是世界上最幸福的人了。

　　哪想，有天早上丈夫去上班后再也没有回来，一场车祸夺去了他的生命。

　　热恋中的她，悲痛欲绝。痛苦让她无法忍受，她觉得活着比死去难受千倍万倍。她便想到了死。

　　她租了一只小游船，随波飘向远方，想就此了却余生。没想被老奶奶发现后救起。为救她，老奶奶差点丧了命。她无颜面对这位高龄的老奶奶，她羞愧难当。她答应老奶奶，抛掉一切忧伤，坚强面对人生，再不做蠢事。

　　当知道老奶奶也遭遇失去亲人的痛苦，孤身一人时，她觉得自己与老奶奶同病相怜，决定留下来陪伴老奶奶，互相安慰，相互照顾。

　　不觉十年的时光过去了，两人如同亲人一般生活在一起。

　　崔月兰听完老奶奶的叙述，感慨万千。她由衷地说："妈，您这是好人有好报，今天咱能母女相见，是老天眷顾您当年的仁慈之举呢。”

“是啊，是啊。要不是老天眷顾，我怎能找到失散五十年的女儿呀。”老奶奶脸上显出了幸福的笑容。

不觉已是夜里11点多了，老奶奶内疚地说：“我是不是把话题扯远了？”

“没有，妈，这一切我真的很喜欢听。”

14

“妈，听说我的父亲是位军人？他长什么样？你这里有他的照片吗？”“没有他的照片，有我当年给他画的画像。是当年撤离北平来台湾时，张妈替我随行李一起带来的。你想看，我让茹娜送过来。”“想看。”

“行，我这就给茹娜打电话。”“喂，茹娜，你把我的画夹送过来。”“好的。”电话里是茹娜的声音。

提起张妈，对崔月兰来说，也是牵心惦记的人，要不是张妈，她还不知现在在哪里呢。没有张妈，也许她今生今世都见不到自己的亲生母亲。她从心里感激张妈，忙问：“妈，张妈她老人家后来怎么样了？”

崔月兰问起张妈，便使老奶奶难过不已。她从小是吃张妈的奶汁长大的，她对张妈比对自己的亲生母亲都亲。

张妈出身贫寒，当她生了第一个孩子几个月后，便被朱府雇来当奶妈。开始还能每天抽空回去看看孩子，偷偷给孩子喂上一口奶。后来孩子慢慢大些了，朱府便不再让她回家探望自家的孩子了。

朱家自然是怕她照顾自家的孩子，会影响到朱家小姐的喂养问题。无奈之下，她只能舍弃自己的孩子，全身心喂养朱府的大小姐——朱湘怡。

她的孩子因常年吃不到母乳，严重缺乏营养，丈夫又不会带孩子，不到一岁，那孩子便死了。后来，丈夫外出谋生不知去向，从此，便没了音信。

张妈无依无靠，她把一位母亲的爱，全部投入到了湘怡身上，把湘怡当成了自己的孩子。因她舍不得离开湘怡，湘怡也离不开她，便一直留在朱府陪伴朱湘怡。

"那后来呢？"崔月兰急切地问着。"后来跟朱家一起来到台湾，直到家人都相继过世，她仍全心照顾着我。"

有一年，年事已高的张妈也染上了疾病，我哭着说："张妈，您不能走，您不能丢下我不管，您要走了谁来陪伴我。剩下我一人多孤独，多可怜呀。"

张妈安慰我说："你不孤独，你还有女儿，你要想法找到她，你们会母女想见的。"

我失望地说："以前都没能找到，现在隔海相望，怎能找到呀。"但张妈坚持说："你一定能找到自己的亲生女儿的。"说完便闭眼离开这个世界了。

老奶奶说着眼泪又流了下来，她悲痛地说着："张妈去世后，我像失去灵魂一样。孤独的我，像是整个世界只剩下我一个人。"

老奶奶一直是流着眼泪在回忆着张妈，崔月兰也为之动容，含着眼泪说："如果张妈现在还活着，我一定会喊她一声亲姥姥！" 老奶奶感慨地说："应该，应该，她比亲姥姥还要亲呢。"

"奶奶，我把画夹拿来了。"茹娜快乐的样子，打破了忧伤的气氛。"快，快拿给我，阿姨要看呢。"

老奶奶接过茹娜手中的画夹，忙打开说："这就是当年我给他画的画像，你看，帅气吧？"老奶奶脸上露出了笑容。

"阿姨，您可不知道，老奶奶在家里最喜欢干的一件事，就是看她当年的杰作，只可惜太少了，只有这两张。"

老奶奶笑着说："两张足够了，每当我看到他们，就会想起很多美好的回忆。"

画夹里有两张男士的半身画像，崔月兰先看到了上面一张，那是一位年轻帅气的军官，身穿一套带有少校军衔的军服，俊美的瓜子脸带点严肃，但骨子里透着那种威武的军人风度，显出了一种高傲的美。

崔月兰心里想，这便是我那位年轻的少校父亲了。因茹娜在场不便多问，看过后，将此页翻过去，又看下面那张。

下面这一张与上面那一张，两人的风度决然不同，他穿的是庄重的西装，浓浓的眉毛，黑黑的眼睛，富有魅力的脸庞上带着自然的微笑。他没有年轻人那么锋芒毕露，却拥有了常人少有的英俊与潇洒。

这时，老奶奶问崔月兰："你看这两个人，哪个更潇洒帅气呀？"崔月兰一时还真想不出合适的字眼去评价他俩，一时语塞。

茹娜忙说："奶奶，你在考阿姨呢，这两个人，都潇洒帅气，风味不同而已。""还风味不同而已，你咋不说口味不同而已。用词不当，用词不当。"老奶奶驳斥茹娜。

可茹娜也不服输，反驳奶奶："我的好奶奶，我读的书还没有奶奶您吃的盐多呢，自然用词不精湛了。不过我说的和奶奶心里想的一个意思，一个赛罗成，一个胜潘安。阿姨，您说我说得对吗？"

茹娜的比喻让崔月兰口服心服，忙夸奖茹娜："哎哟，茹娜也学识不浅嘛。""不敢当，不敢当，我这是八哥鸟学话而已。"奶奶开心地笑了说："你这黄毛丫头呀，嘴巴比八哥还灵巧呢。"

三人愉悦的笑声使房间里充满着欢乐……

15

茹娜走了，客房里又只剩下她母女二人，崔月兰问："妈，第一张画像，就是我的父亲，对吗？"老奶奶没正面回答，反问了句："你觉得呢？""我是猜测。"老奶奶没说话。崔月兰继续问："我长得像他吗？"老奶奶回答："不像。""不像？那我是像母亲您了？"

老奶奶沉默着，她无法回答女儿的问话，现在的女儿也已经是五十岁的人了，她无法想象出女儿年轻的模样像谁。

这时老奶奶岔开了话题："你怎么不问第二张画像是谁呢？""是谁？""他就是你的大舅，收养你的大舅。""我大舅！"崔月兰太惊讶了。

在她的记忆里，只知道大舅这个人，不知道大舅什么样。画像让他认识了大舅，年轻的大舅竟是如此英俊潇洒，难怪茹娜把他比作胜潘安呢。

她感慨地说："这就是让我母亲日夜思念，去了台湾的大舅啊？大舅年轻时太英俊潇洒了。"

一石激起千层浪，一语惊醒梦中人。老奶奶听后震惊了，她怀疑自己的耳朵是否出了毛病。

忙问："闺女，你刚才说啥？"崔月兰见老奶奶那吃惊的样子，不解地说："说我大舅长得英俊潇洒呀。""不对。"老奶奶忙纠正："刚才听你说，你大舅没在内地，也来了台湾？""是啊，是母亲亲口告诉我的。"

这时的老奶奶才恍然大悟："难怪后来突然没有了音信，原来他也来了台湾。天哪，我俩同在台湾，我竟然舍近求远去内地寻找你们。"

老奶奶后悔莫及，嘴里絮叨着："迟了，这消息来得太迟了。"

崔月兰想，是啊，一切都晚了，大舅不可能活到现在吧？她看到老奶奶那悲痛欲绝的样子，很是心疼。忙上前劝慰："妈，不要难过了，再流泪也于事无补。想开些吧，好的是咱母女相见了，大舅在天之灵也心安了。"老奶奶哽咽着说："是啊，咱母女相见，对他也有交代了。"

"妈，您当时怎舍得把我送到远离北京的青岛呢？就是因为我大舅是您的老师、兄长吗？""哪有母亲舍得和亲骨肉分离的呢？无奈之下，是张妈的权宜之计，她当然是为我好。谁曾知道，这一分别就是五十多年啊。"

老奶奶说着说着便又流下泪来。"妈，怎么又流泪了，不说这些了，还是说说少校吧。"崔月兰自然还是记挂着自己的亲生父亲。

"说起少校张凯，他是我二娘娘家表哥张督军的儿子，在我二十岁生日的宴会上认识了他。自此他便是我家的常客，一来二往的，在家人和众人的撮合下，我便接受了他的求婚。就在我俩即将成婚的前一个星期，他来我家看我，没想那是最后一次见面。"五十年前的一幕出现在老奶奶的面前：

张凯来到朱府，先去拜见了将军大人，然后来到了湘怡房里。见她正聚精会神地在作画，他趁朱湘怡不备，猛地从背后将她抱住了。

"好兴致呀，我看你在画什么？"朱湘怡猛地一惊，忙回头看："是你呀，吓死我了。"

这时他的脸紧贴在湘怡的脸上小声问："害怕什么？害怕我会吃了你？"说着将湘怡的脸扳过来，紧紧地吻住了她的唇。

湘怡挣扎着，最终还是挣脱了，红着脸说："你干啥呀，没脸皮。"此时的张凯露出了胜利者的得意："怎么，害羞呀？""去你的。"少女的羞涩让朱湘怡扭捏起来。

张凯可不然，湘怡的羞涩不但没击退他的热情，反而更点燃了他满怀的激情。她搂紧湘怡问："你说，我好不好？""不好，你坏！你坏！""好啊，你敢说我坏，我还没对你发坏呢，今天我就让你知道什么是坏。"

　　说着伸开有力的双臂，像老鹰抓小鸡般地将湘怡抱在了怀里，来到卧室的床前问："你说，我是轻轻地把你放到床上呢？还是将你狠劲地抛到床上去？"湘怡嬉笑着忙求饶："不要，都不要。""那可由不得你了。" 他搂紧湘怡，原地转了一圈，然后像滚雪球似地两人滚在了床上……

　　正当张凯激情欲发时，朱湘怡严肃起来。她用力推开说："不可以，必须要等到洞房花烛夜，才能……""再过一星期我俩就成婚了呀。"张凯依然压制不住心中的欲望，继续坚持着。

　　湘怡顽抗地翻身坐了起来说："你再这样，我俩就解除婚约！"湘怡真的生气了。

　　张凯对湘怡的爱之深怎忍心惹湘怡生气呢？他对自己的莽撞行为感到内疚，忙给湘怡道歉："对不起湘怡，今天我向你保证，一定等到洞房花烛夜那一天，我若食言，再有那非分之想，就让我死在战场上。"

　　湘怡忙捂住他的嘴："呸，呸，呸，谁让你发毒誓来着。"朱湘怡又一次生气了。"又生气了？我的错，都是我的错。"他忙捧起湘怡的脸，吻住了她那噘起的小嘴。

　　外面传来了张妈的话："小姐，太太又催你们去吃饭了。""知道了，这就过去。"

　　两人调整了一下情绪，便双双去了餐厅。

16

老奶奶的述说，将崔月兰推到了云里雾里，她搞不清楚自己究竟是怎么来到这个世界上的。她既惆怅又迷茫。

母亲终归是老了，失去女儿的痛已让她备受煎熬。崔月兰的到来让她的伤口微微抚平，自己怎忍心再将那伤口撕裂？

罢了，只要母亲的晚年过得幸福就够了，又何必非要搞清楚那缥缈的父亲是谁呢？崔月兰决定不再伤害这位可怜的母亲，从今往后不再追问父亲是谁。

"妈，今天天气这么好，我推你到外面走走吧？""好。"母女俩出了宾馆大门，不远处就是一小花园。崔月兰说："妈，就到那小花园里转转吧。""好。"

女儿推她漫步在那鲜花盛开的小花园里，这时的老奶奶感到了人生幸福的滋味。她像一棵干枯的老树，又重新发芽。

她俩走到花园的喷泉边，喷泉的水柱有力地向上喷射着，然后又落回到水面上和盛开的荷花、荷叶上。这便不由得让老奶奶想起了之前的朱府大院来。

"孩子，你可知道，我们的朱府大院里也有这样一个喷泉，无论高兴的时候还是郁闷的时候，我都要去喷泉看那喷起的水柱，看荷花和荷叶上面滚动的水珠。它会给我带来快乐。"

崔月兰听后说："真没想到妈这么喜欢喷泉。等我有了钱，我就买一栋带喷泉的别墅，让您老人家好好欢度晚年。"

老奶奶轻轻地叹了口气说："孩子，谢谢你有这份孝心。"

她停了下又说："今后能天天像今天这样和你在一起，我也就心满意足了，物质对我来说没多大意义了。"

"妈，看您说的，您能活过一百岁，好日子还在后头呢。"

老奶奶听后笑着说："我可不要活那么大，那不成了老妖精了，哈哈哈……"老奶奶开心地大笑，崔月兰也跟着大笑起来。

她俩的谈话和笑声引起了一位旁观者的兴趣，他插嘴说："这位老姊妹，此言差矣，人活过一百岁就成老妖精了？"

原本是老奶奶和崔月兰随便说说逗乐呢，没想影响到了局外人。老奶奶忙道歉："对不起，老先生，我们母女俩是在开玩笑呢，如果冒犯了老先生，请多包涵。"

老先生忙客气地说："没有，没有。我是无意中听到了你俩这么开心的谈话，便不自觉的介入了。道歉的不该是您，应该是我，我不该偷听你们的谈话，对不起了。"

老先生真诚而有礼貌的道歉，给人感觉很亲切。

这更让崔月兰深深地感受到，海峡两岸血浓于水，手足情深，天然的亲近！

老先生问老奶奶："你俩看起来比较面生，你们不常来这里吧？"老奶奶说："是的，我住在台北。"

"噢，离这里不是很远，但也不算近那。""是啊，要不是我女儿住在这宾馆，我也走不到这边来，我这是第一次来这里。"

健谈的老先生问："你女儿住在宾馆？""是啊，她刚随内地旅游团过来。"

　　老先生感到惊讶："她是从内地来的？你的女儿在内地？"

　　"是啊，这不是刚刚联系上嘛。"老奶奶心情愉悦地告诉对方。

　　老先生忙注意起崔月兰来，问："你是刚从内地来？"崔月兰点头。"哪地方人？""青岛。"

　　崔月兰的回答，让老先生更加震惊了，忙又问："你家是青岛？""嗯。"崔月兰点头。

　　"你可知道青岛有个蒙古路吗？""知道，我家原住小村庄，离蒙古路不远。不过，这两个地方的房子早已拆迁，那里早都换成新住户了。"

　　老先生听到这里，突然哭起来。这下可把母女俩吓坏了，老奶奶忙问："老先生您怎么了？出什么事情了？"

　　老先生激动地说："你们可知道，咱们是老乡啊，老乡见老乡，两眼泪汪汪。咱们是越说越近了，我以前的家就在蒙古路。"老先生的话，真让崔月兰感到不可思议。

　　老奶奶听后，更是不敢相信自己的耳朵，忙问："你家是蒙古路 158 号？""是啊，是啊，你怎么知道？你是？"老先生思索片刻，自己又否认了。"不会，不会，我这是在白日做梦呀。"接着又哭起来。

　　见到老先生伤心的哭泣，老奶奶也泪人似的无法控制自己。这时的崔月兰呆呆地看着这一切，她的脑海里一片空白。

　　当她回过味来时，两个老人的手早已紧紧地握在一起了。

　　擦干眼泪的老奶奶忙给崔月兰介绍："孩子，你知道他是谁吗？他就是当年收养你的大舅啊。"

崔月兰这时像从梦中醒来，多少年来，她想见大舅都快想疯了，没想今日像做梦一样见到了自己的亲大舅。她惊讶！她激动！她热血奔流！

她撕心裂肺地喊了一声："大——舅——！"说着，便扑到老先生的怀抱里哭起来。

17

来到宾馆的房间，老先生心情沉重地回忆着往事：

当年张妈在山东大学门口见到他时，他很意外，因张妈又急着赶火车，便相互都没来得及多问什么。他怀抱婴儿，手提食盒目送张妈乘车远去后，才考虑怎样来安置湘怡的新生婴儿。

如果将她抱回自己的家，瘫痪在床的妻子天天都需要人来照顾，怎么照顾刚出生的孩子？大女儿的出嫁，家里的一切繁重家务全压在一个十几岁的二女儿身上。她还是一个未成年的孩子呀，怎会照料一个嗷嗷待哺的婴儿？一旦出了意外，怎对得起湘怡的委托？

"送站的人快点离开了。"值班员大声地吆喝着，这时站台上已空无一人。

他将沉睡的婴儿放回到大食品提盒里，踌躇再三，然后向妹妹家中走去。

妹妹刚生了孩子没几天，充足的奶水暂且喂养2个孩子没问题，马教授这样盘算着。

他来到了小村庄贫民大院，刚生产的人家，男人不便进去的，他叫出了妹夫，讲述了来龙去脉。

妹夫满口答应："哥，您放心，虽然我家里穷，亏待不了这孩子。家里正遇上孩子因急病，半夜刚没了。她妈正伤心呢，正好，接着喂养她，对她妈也是个安慰。"

妹夫不说，他还不知道妹妹刚生下的孩子没了。"为什么不早告诉我？"马教授责怪妹夫。"这不刚发生的事嘛，还没来得及告诉您呢。"妹夫解释着。

"就这样，我把食盒交给了妹夫。从此，潇湘便神不知鬼不觉地成了我妹妹的亲生女儿。我妹妹天性温柔善良，交给她，我一百个放心。"

沉默了片刻后，大舅又接着讲："可天有不测风云，紧急转移让我来到了台湾。自此，两岸之间断了联系，我再也无法资助贫困的妹妹了。"

老先生说到这儿非常内疚，含着泪水说："来台湾后，我整天担心着妹妹一家的生活，更担心你，大舅对不住你。"大舅终于忍不住眼眶里的泪水，让眼泪肆意流淌。

"不！大舅，我非常感谢您，更感谢养育我的母亲。自从大舅去了台湾后，家里生活极其艰难，有些好心的邻居便劝母亲把我卖掉，好腾出手来干活挣钱养活大一点的孩子。要不然，怕都会饿死。母亲说：'就是讨饭，我也要把孩子拉扯大，不能丢弃任何一个。'母亲为了养活我们兄妹，无奈，母亲真的出去讨饭了，我是在母亲讨饭的艰难中活到新中国成立的。母亲为了我，放下尊严去讨饭，为了我，母亲甚至可以放弃自己的生命！"

崔月兰讲到这里，满脸都是泪。缓了下神接着讲："哥哥曾经给我讲过，有一次半夜，我突发疾病，母亲抱着我半夜去敲大夫家的门，她跪在人家门前哀求说：'大夫，您救救我孩子吧。我家没有钱，如果我的命能值几个钱的话，我给你，只要你能救我的孩子。'大夫被母亲感动了，没要钱给我治好了病。我这条命，不只是大夫给的，也是母亲给的！"

"我问过哥哥，为救我的命，母亲给大夫下跪，甚至用她的命来抵换。为什么不把钻戒卖掉，也能解燃眉之急呀。"

哥哥说："只要你在，善良的母亲就要保住那枚钻戒，钻戒和你的命一样重要。如果钻戒没了，你将来就无法找到你的亲生母亲，钻戒是你唯一的认亲信物。卖掉钻戒，就像是卖掉你一样。"

"今天，母亲的愿望实现了，让我见到了自己的亲生母亲，可她自己却看不到这一天。母亲啊母亲！您这一生，像一支燃烧的蜡烛，牺牲了自己，照亮了别人。您又像海中的珍珠鱼，用自己痛苦的眼泪，给别人送去欢乐。您是世界上最伟大的母亲！"

崔月兰越说越激动，她昂首对着窗外的蓝天大声喊着："母亲，养我的母亲，您就是我的亲娘！您是这世界上最伟大的娘——亲——"崔月兰放声大哭。

老奶奶感慨万千，养母的恩情胜过她这亲生母亲的千倍万倍。"老姐姐，我在这里谢谢您了！"老奶奶从轮椅上滑下来，跪在地上对着上天磕头。

大舅也昂首长叹：“妹妹，如果您在天之灵，看到她母女相见，看到哥哥我还身体硬朗。你一定高兴，对吧！”大舅声音颤抖，难以自制。

18

崔月兰的手机响了，“喂，阿姨，您下来帮我个忙。”“好。”“妈，大舅，你俩先聊，茹娜让我下去一趟。”说完，急着下楼去了。

崔月兰下楼了，老先生问：“茹娜？茹娜是谁？”老奶奶说：“茹娜可是我这些年来的开心宝贝。”

这时，老先生自语：“怎么会这么巧呀？”“你在说什么？”老奶奶问。

“没什么。”停了片刻，老先生仍心生疑虑，问：“她是你什么人？”

“她是我孙女啊。”这时的老先生有点找不着北了，问：“你还有孙女？”

老奶奶笑了，说：“是呀，我怎么就不能有孙女呢？”是呀，她怎么就不能有孙女呢？老先生自问着，他——沉默了。

老奶奶见他脸上挂上了一丝阴云，便开玩笑地说：“我这孙女呀，是从天上掉下来的，是我捡来的。”老奶奶说完，便哈哈大笑起来。

“这么高兴啊。”茹娜边说边抱着一大纸箱子东西进门了，崔月兰也提了大包小包紧跟其后。

当茹娜的目光碰到老先生的一刹那，她怀里抱着的箱子跌落到了地上。片刻，她扭头就往外面跑。

"茹娜——我的孩子。"老先生一边喊着，急忙追了出去。

老奶奶问："这是怎么了？出什么事了？""不知道呀。"崔月兰更是一头雾水。

茹娜跑到海边的沙滩前站住了，她回忆着当年就是从这里乘坐小船出走的。

一会，老先生气喘吁吁地追来了。他悲喜交加，急忙问："茹娜，你还活着！我的好孩子，你为什么要不辞而别？为什么要一走了之？你知道吗，爷爷多担心你。我苦苦寻找了你多少年？我还以为你不在这个世界上了呢。我真的认为，我成了这世界上最孤独、最可怜的老头子了。"老先生的话语在颤抖。

茹娜默默地听着，她怎么不知道老先生曾经找过她呢？她看到了报纸上多次发过的寻人启事，看到了电视台的寻人通知，甚至还看到过大树上贴的寻人的小广告。

这些她都清楚，可她不能回去。她不能看到那温馨的家，不敢回忆那段幸福的时光，她更怕看到爷爷那满脸泪痕悲伤的脸。她选择了死亡来逃避那残酷的现实！

"孩子，我的孙子没了，你又失踪，没了音信，你可曾想到爷爷我怎么活呀！"老先生终于忍不住号啕大哭起来。

老先生的话，惊醒了茹娜。她自责，她悔恨，她感到无地自容。

"爷爷，对不起，极度的伤心与痛苦让我失去了理智，我只顾一时冲动，我太自私了。爷爷您打我吧，只要您能解气，狠劲打！"她抓起老先生的双手，狠劲地往自己的身上乱打起来。

崔月兰推着轮椅远远地看到了："妈，是他俩。"老奶奶说："你看，我说的没错吧？我一猜她准来这里了。"

崔月兰担心地说："妈，快过去劝劝吧，茹娜太激动了。"

奶奶轻轻地叹了口气说："这里面肯定有难以解开的疙瘩，还是让她发泄发泄吧。"

"孩子，我知道你心里难过，不要这样，你这样会让我更难受的。"老先生的话，让发疯的茹娜停了下来。

她扑在老先生的怀里大哭："爷爷，我太自私了，我对不起您。我不该丢下你一人不管，让您孤苦伶仃，爷爷原谅我吧。""孩子，你没错，不用请求原谅。"

崔月兰推着老奶奶来到了跟前，老奶奶温柔地说："孩子，别难过，忘掉从前所发生的痛苦吧，我们不早就苦尽甘来了吗？"

崔月兰走近茹娜，替她擦干了眼泪，说："快回去吧，那满屋的东西还要整理呢。""嗯。"

茹娜习惯性地推起坐在轮椅上的老奶奶，崔月兰搀扶着心情沉痛的老先生："大舅，咱们走吧。"她们一起缓缓地向宾馆走去……

来到宾馆，见到刚才茹娜跌落在地上的纸箱子，里面的东西洒落了一地。

老奶奶问茹娜："你这是干什么呀，大包小包的拿来了这么多。"茹娜说："这是专门为明天阿姨回内地准备的台湾特产呀。""哎哟,你看我都糊涂了,时间过得真快,马上就该回去了。"

这一趟台湾之旅就要结束了,相互之间有多少知心的话还没能说完。最后大舅决定:叶落归根,回内地与亲人欢度晚年!

崔月兰走时,再三交代:"妈,大舅,还有茹娜,你们抓紧时间办理回乡手续。到时候,我们全家人去海港接你们。"

奶奶欣慰地说:"放心吧,孩子,我们很快就会见面的。"

19

长长的汽笛拉响了,青岛大港客运码头出口,挤满了人。崔月兰一家也都挤在这人群里,船上的游客们鱼贯状出来了。

王文博眼尖,第一个看到了老奶奶,看到了老奶奶在向人群招手。他忙喊了一声:"老奶奶——我接您来了——"

他激动地第一个冲到了最前面,忙从茹娜手中接过轮椅:"茹娜,让我来。"此时,他没顾及别人,只顾对老奶奶问长问短。

这时的茹娜满脸喜悦,老先生却在愣神。"爷爷,您怎么了?""我,我……不!我说他。"老先生手指着推老奶奶走在前面的王文博。

"噢,您是说那位大哥哥,对吧?"老先生点头说:"太像了，真的太像我家的玉宇了。"茹娜说："当我第一次见到他的时候，我和您一样，真的很吃惊，世界上竟有这么相像的两个人。"

这时，老先生和茹娜都陷入到了痛苦的回忆里。他俩沉默不语，默默地跟着王文博的视线走着。此时的他俩，各自回忆着与玉宇那些难以忘怀的往事：

丈夫马玉宇，苗条精干，他喜欢唱歌，每次和朋友、妻子去歌厅，他总是拉起妻子的手，双双沉醉在歌的世界里。虽然茹娜知道自己没有丈夫唱得好，但丈夫总是夸奖说："我妻子唱的是最好的！"他还总喜欢问："茹娜，你爱我有多深？"每当这时，茹娜就会感到丈夫问得幼稚，爱！能用尺度衡量吗？但她不愿扫丈夫的兴，总是回答："好深，好深。就像大海一样深。"每当这时，两人便会开心地大笑。然后，两人紧紧地拥抱在一起。

马玉宇也总喜欢问老先生："爷爷，我给您找的孙媳妇好吗？""好，又漂亮又贤惠。你能有这么个好媳妇陪伴你一生，爷爷也就放心了。"这是老先生在回忆。

马上就到家人面前了，茹娜忙调整下情绪，她劝慰老先生："爷爷，不要难过了，今后我们住在一起，就是一家人了，您就拿大哥哥当您的亲孙子吧。""嗯，你说的没错，人不能总生活在痛苦中，今后我就把他看成是我的亲孙子。"

这时，崔月兰带着媳妇、孙女，全家人都围到了跟前。崔月兰忙问候："妈，大舅好，一路辛苦了。"紧接着忙作介绍："妈，大舅，这是文博媳妇芹芹，这是我的孙女甜甜。"

"姥姥好，舅姥爷好。"芹芹忙上前问候。

"我该叫他们什么呀？"甜甜第一次看到这么多陌生的面孔糊涂了。

"噢，奶奶来告诉你，这位是太姥姥，这位是太舅姥爷，这一位是茹娜阿姨。"听完奶奶的介绍后，她高兴地先扑倒在老奶奶的怀里，说："我想死你了，太姥姥。"

紧接着又扑倒在老先生的怀里说："太舅姥爷好，我也想死您了。""哎哟，这个小机灵鬼呀，哄死人不偿命呀。"老奶奶的一句话，引来了哄堂大笑。

茹娜过来了说："你想了一大圈，就是不想阿姨，是吗？"机灵的甜甜像是意识到了自己的失误，忙极力弥补："我也想死阿姨了。"说完，忙翘起脚尖，搂住茹娜的脖子，在她的脸上亲了一口，甜甜的举动博得了大伙的掌声。

崔月兰高兴得合不拢嘴，老奶奶更是高兴得不知说什么好。老先生和茹娜被这欢快的氛围影响着，丢掉了痛苦的回忆，开心地笑着。

王文博急切地说："舅姥爷，老奶奶，咱们回家吧。"老奶奶立即纠正："错了错了，老奶奶的称呼过时了，作废了，该叫我亲姥姥了。"

"噢，对！我应该叫：我的亲姥姥嗳——"王文博拉开长音喊叫着。"嗳——"老奶奶也拉开长音答应着。

王文博，老奶奶一起喊："我们回家啰——！"大伙不约而同地一齐喊起来："回——家——啰——！"

20

又是一个鲜花盛开、芬芳四溢的季节，青岛的中山路上，一辆敞篷婚车由此经过。今日的婚车装扮得如此豪华、喜庆，婚车上是一对年老的新婚夫妇，新郎已是 83 岁，新娘也已 70 岁。新郎西装革履，新娘婚纱飘逸。

新娘手捧鲜花依偎在新郎身边，新郎介绍着所经过的各个景点，感叹着这座城市翻天覆地的变化。

新娘脸上带着幸福的笑容，此时，他们那恩爱幸福的模样，早已超过那些年轻的新婚夫妇数倍。

婚车顺着中山路开往栈桥，由栈桥沿海一线一路行驶，鲁迅公园，音乐广场……

当来到五四广场时，新娘便让车子停下来，她在寻找当年给她画像的那位画师，但她已经认不出了。

二浴，是拍婚纱照最集中的景点之一。婚车又一次停下来，随同其后的小车里的晚辈们，也都下车来到了两位老人跟前。她们忙搀扶两位老人下车，活泼的甜甜忙扯起新娘的婚纱，紧跟其后。

众多人簇拥着新婚老人来到绿色的草坪，金色的沙滩、海边的礁石、银色的浪花。相机、摄像机在闪烁，一一记录下这幸福的时光。

今天是个好日子，天气晴朗，二浴拍婚纱照的人特别多，成双成对的新婚夫妇，遍布海滩，他们个个都陶醉在幸福之中。这对老新婚夫妇引来了更多人的欣赏与羡慕。

"听说那对老新婚夫妇，举办的是钻石婚礼呢。儿女成群前来祝贺，真是一对幸福的老人。"

"听说是一对台湾同胞，叶落归根了。"

"是呀，逸景山庄小区里。最美的那座别墅就是他们家的。"在场的游客们羡慕地议论着。

说起逸景山庄，那是青岛近几年发展最快、最豪华的别墅小区。它一面靠山，三面环水，占据了青岛最美的风水宝地。不但空气清新，风景优美，那一座座形状各一的独栋别墅，错落有致地镶嵌在绿树丛林里。远远望去，像是一幅美丽的山水画。

拍照完毕，婚车没有去酒店，他们是在自己家的别墅里举行婚宴，婚车缓缓地往小区开去。

那300多平方米欧式风格的别墅共三层，每层都有各自的客厅、卧室、书房、卫生间等配套设施。一看，便知是专为老少几辈人居住而设计的。

偌大的院落里，除了奇花异草的栽培外，最具特色的是院落中央比其他家多了一座形态别致的喷泉。

喷泉里荷花盛开、鲤鱼畅游，喷起的水柱呈细雨状落下，晶莹剔透的水珠在鲜嫩的荷叶上滚动着。

婚车到了别墅前停下来，瞬间响起了鞭炮声，茹娜将花瓣撒向两位老人的身上，头上。

他们来到了婚庆的草坪上，司仪宣读祝福词："各位来宾，亲朋好友和家人们，大家好！让我们以最热烈的掌声有请两位新人闪亮登场——"

随着音乐声响起，两位老人踏上红地毯，幸福地步入婚礼的殿堂！

这时，身穿白色纱裙的小姑娘，大大方方地来到婚庆的舞台上。那就是家中的第四代继承人——甜甜。

她的声音清脆悦耳，那是一首诗朗诵：

"天是蓝蓝的天，地是绿茸茸的地。火热的太阳高高升起，温暖在了每个人的心里。张张笑脸迎着太阳，新人的心里最甜蜜！"

接着，她转身跑过去搂住了两位新婚老人："太姥姥，太舅姥爷，祝您俩寿比南山，新婚快乐。"

甜甜的举动，迎来了热烈的掌声，两位老人忙俯下身去，给了甜甜两个响吻。

热闹了一整天的两位老人，终于可以进入洞房了。盼望已久的洞房，竟姗姗来迟了五十年！

老奶奶将手上的钻戒带在老先生的手上说："我父亲说，'等成婚那天，你要亲手将它戴在新婚丈夫的手上。'今天，我终于可以把它戴在我新婚丈夫的手上了。"此时的老奶奶感慨万千。

老先生亲昵地称呼着新娘的名字："湘怡，你还曾记得，我第一次称你湘怡的那一刻吗？"

"记得，永远都记得。那是在我二十岁生日的宴会上，你当着同学们的面称我湘怡，当时我好激动！""现在激动吗？"老先生问。

听了这话，老奶奶有点难为情。但还是如实回答老先生的话："仍然激动！"老先生忙将老奶奶搂在了怀里。

老先生问："湘怡，今后你想称呼我什么？是马教授？还是哥？"

老奶奶大声地喊着："玉涵！玉涵！伴我白头到老的玉涵！"她发自内心地呼唤了一遍又一遍。老先生只觉热血沸腾……

老奶奶也有想问的话："玉涵，你还记得那年你离开北平，来我家告别的那个晚上吗？""记得，终生难忘！对不起湘怡，那天我喝多了。"

21

提起那天晚上，往事已过去多年，马教授仍记忆犹新。那天晚上他是去朱府告别的，那也正是张凯与朱将军奔赴战场的第二天晚上。

头一天他没如约前来朱府赴宴，是因山东大学校方来电催他赶紧回青上任，他忙着办理学校交接等手续，为此失约了。

当他知道前一天的宴请是奔赴战场的生死告别宴时，他深感内疚。他失去了最后一次与将军和张凯相聚的机会，因为第二天他就要离开北平了。

他后悔莫及，他一个人把自己猛灌了几杯，他——醉了。

朱湘怡这时才知道，马教授当晚是来告别的，明天一早就要离开北平回青岛了。

　　这突如其来的消息，像是打了她一闷棍，她承受不了在两天内，要与三位亲人分别的现实。他们竟都离开得如此突然，让她没有半点思想准备就陷入了分别的痛苦中。

　　她起身跑回了自己的卧房，关上房门号啕大哭起来。

　　张妈紧跟其后前来敲门："小姐，你开开门，我知道你心里难受，但也不能把自己一个人关在屋里呀，这样会憋出病来的。快开门！"无论张妈怎么喊，她像没听见一样，只顾自己哭。

　　这时，四姨太她们也都紧跟着去了湘怡那边，餐厅里只剩下喝醉了的马教授。他嘴里含糊不清地唠叨着："朱湘怡，你为什么要跑掉？你为什么不坐下来一起喝酒？你为什么？"

　　细心的二姨太，没跟去湘怡那边，她扶马教授离开了餐厅，来到了自己的客房，她倒了杯热茶递给了马教授："快喝杯热茶醒醒酒吧。"

　　马教授连喝了两杯热茶后,头脑好像清醒了些,问二姨太："二娘，朱湘怡怎么了？是我刚才喝多了酒，说了不中听的话，把她气跑了对吧？"

　　"不是。"二姨太忙解释着。"你醒醒酒，一会去安慰安慰湘怡吧。"

　　"安慰谁？"此时的他，酒劲还没有全过去，仍处在半清醒半迷糊中。

　　"去安慰湘怡！"二姨太重复着刚才说过的话。

　　"去安慰湘怡？""嗯。"迷糊的他又问："这就过去？""这就过去。"二姨太回答着。

　　马教授迈着踉跄的脚步，随二姨太来到了朱湘怡门前，

　　见谁都叫不开门。他便自告奋勇地说："我来！"满身弥漫着酒气的他上前敲门："小不点，快开门。"没有动静，屋里只传出朱湘怡的哭声。

　　张妈又一次上前敲门："小姐，快开门，是马教授，他要走了，来向你告别的。"他要走了？明天？不！是现在！她挂着满脸的泪痕，忙起身开门。

　　门开了，门前站满了人，她像是都没看见，她只盯着马教授一个人。

　　"我可以进来吗？"马教授见到朱湘怡那满脸泪痕，可怜兮兮的样子，酒劲便醒了一半。还没等朱湘怡开口，四姨太忙说："快进去吧，快进去吧，现在只有您才能让她清醒。"

　　马教授进了朱湘怡卧房，张妈随手关上了房门，一摆手，大伙都悄然离去。

　　朱湘怡哭着扑上去，搂住了马教授的脖子喊着："你为什么也要走，为什么你们一个个都要离开我！"

　　马教授看着朱湘怡那满脸泪痕，即将分别的痛楚在他心里像刀绞一样疼。可一个大男人，能比女子还软弱吗？

　　他强压住心中的痛楚，忙安慰朱湘怡："你听我说，分别是暂时的，以后我们还会有机会见面的。"

　　"不！我不让你走，我知道，这次您走再也不回来了。你走了就像挖走我的心一样，你知道吗？"

　　酒劲还没全退的马教授忙应道："我知道，我知道。"

　　"我爱你，我一辈子都爱你，知道吗？"

　　醉酒的马教授此时没有反应，他木讷地站在那里，朱湘怡忙吻住了马教授的唇。

　　她的这一举动，惊醒了酒意浓浓的马教授，他想将她推开。可已经迟了，少女身体的温馨与清香早已渗透到了他的五脏六腑，那潮起云涌的欲火在他体内熊熊燃烧。

　　"对不起了，湘怡！"酒意尚存的马教授，将朱湘怡按在了床上……

　　墙上的时钟敲响了 10 下，已是半夜了，马教授该走了。他看躺在床上的朱湘怡满脸泪痕，他将那瘫软的身子抱在怀里，怜惜地问："我不是人，对吗？"朱湘怡摇头。

　　"对不起，湘怡。"这是老先生在道歉。"玉涵，你现在还需要说对不起吗？"老奶奶喃喃地说着。

　　老先生诚恳地说："我这一辈子都要向你说对不起！"

　　"不！我要感谢你，是你给了我一个宝贝女儿，还有外甥，曾外孙女，让我们成了一个四世同堂的幸福老人。"

　　"真的？我怎么没想到啊，潇湘会是我的亲生女儿！"他沉思了片刻后说："我应该想到，但我竟然没想到。"

　　老奶奶对着老先生脑门，狠狠地戳了一指头说："你呀，真是喝醉了！"

后 记

"好人有好报,善良的人总会有美好的人生。"这句美言,是对善良之人的祝福!也一直是自己追求的信念与目标。

笔者无论写的小说、故事还是散文等作品,主旋律都是积极向上的,总是带有蜜的甘甜,花的芬芳。

本人遵循清清白白做人,诚信为本做事。不为官职忙碌,不为虚荣费神。喜欢平静生活,情愿低调做人。这是本人的原则!

《一枚钻戒》反映了在不同年代、不同领域,善良的人总会实现美好的愿望。小说里的主人翁,他们做到了!

感谢元明康必硒集团的大力支持,为《一枚钻戒》独家冠名赞助。

再次向关心我的朋友们表示诚挚的谢意,祝爱我和我爱的人,一生平安!

吴丕兰

2017 年 8 月 20 日

图书在版编目（CIP）数据

一枚钻戒 / 吴丕兰著 . —青岛 : 中国海洋大学出
版社 , 2017.9

ISBN 978-7-5670-1553-1

Ⅰ. ①一… Ⅱ. ①吴… Ⅲ. ①长篇小说－中国－
当代 Ⅳ. ① I247.5

中国版本图书馆 CIP 数据核字 (2017) 第 207803 号

- -

出版发行	中国海洋大学出版社
社　　址	青岛市香港东路 23 号　　邮政编码　266071
出 版 人	杨立敏
网　　址	http://www.ouc-press.com
电子信箱	cbsbgs@ouc.edu.cn
订购电话	0532-82032573（传真）
责任编辑	郑雪姣　　　　　　　　　电　话　0532-85901092
装帧设计	青岛艺非凡文化传播有限公司
印　　制	青岛海大印务有限公司
版　　次	2017 年 10 月第 1 版
印　　次	2017 年 10 月第 1 版印刷
成品尺寸	144mm × 215mm
印　　张	7.5
字　　数	126 千
印　　数	1—1200
定　　价	38.00 元

发现印装质量问题，请致电 18663037500，由印刷厂负责调换。